Four / Seven Times

Deutsche Erstausgabe Juli 2015

© Olivia Carter

https://www.facebook.com/pages/Olivia-
Carter/568657993277346

Alle Rechte vorbehalten!

*Nachdruck, auch auszugsweise, nur mit schriftlicher
Genehmigung des Verlages. Personen und Handlungen sind frei
erfunden. Etwaige Ähnlichkeiten mit real existierenden
Menschen sind rein zufällig und nicht beabsichtigt.*

Umschlaggestaltung: Sabrina Dahlenburg

Lektorat: WortPlus

Korrektorat: WortPlus

Satz Ebook: Sophie Candice

Satz Print: Sophie Candice

Mein außerordentlicher Dank gilt Kim :)

Erschienen im A.P.P.-Verlag

Peter Neuhäußer

Gemeindegässle 05

89150 Laichingen

ISBN mobi: 978-3-946222-02-6

ISBN epub: 978-3-946222-04-0

ISBN Print: 978-3-946222-03-3

*Dieser Roman wurde unter Berücksichtigung der neuen
deutschen Rechtschreibung verfasst, lektoriert und korrigiert.*

OLIVIA CARTER

Four
SEVEN DAYS

A.P.P.

Kurzbeschreibung

Bizarre Dinge gehen vor, Dinge, die Alan unter allen Umständen von Patty fernhalten wollte. Er kann sich nicht zu ihr bekennen und ist sich nicht einmal sicher, ob er das auch will. Doch die sich überschlagenden Ereignisse zwingen ihn, sie zu sich zu holen. Etwas, das nicht ohne Wirkung bleibt. Die beiden nähern sich wieder an, obwohl Alan sich geschworen hat, genau dies nicht noch einmal zuzulassen. Aber Pattys wunderbare Angebot ablehnen? Nie im Leben! Teil vier der Kurzserie: Seven Times.

1. From hell

Von wegen Jason!

ALAN!

Ihr Traumprinz, der keiner ist, heißt Alan. Sie weiß es, seitdem sie Shaila hörte, denn ganz so ohnmächtig, wie sie allen glauben gemacht hat, war sie nicht. Eher wählte sie die Auszeit, um dieser verdammt peinlichen Situation zu entgehen. Außerdem lebte zu jenem Zeitpunkt noch die kindische Hoffnung in ihr, Alan könnte sich vielleicht mal um sie kümmern – eben wie der edle Ritter, der er in ihren Augen sein soll.

Nun, er spielte natürlich nicht mit, etwas anderes ist sie von diesem Arsch nicht gewöhnt, und seitdem geht ihre Welt irgendwie krachen, mit jedem Tag ein wenig mehr, auch wenn sie mindestens einmal täglich darum winselt, dass es doch jetzt bitte genügt. Patty fühlt, dass sie nicht einmal die Hälfte der *echten* Wahrheit weiß, und einige Gedanken von denen, die ihr als Erklärung kommen – denn natürlich sucht ihr Hirn ständig danach –, klingen so dämlich, dass sie schon wieder gut sind.

Aber endlich weiß sie wenigstens mit Bestimmtheit, dass er anders heißt, als er ihr gesagt hat. Sehr verwundert ist sie nicht, der Name Jason passte zu ihm wie eine zu kleine Jacke. Mit Alan, ja, damit kann sie ihn in Verbindung bringen. Diese große, aufrechte, so ernste, so FREMDARTIGE Gestalt, dieser so männliche Mann, der so anders ist als alles, was sie bisher an Männern kennenlernte, dieser Prinz, der sich oftmals wie ein Arsch benimmt, heißt Alan.

Und er macht ihr das Leben zur Hölle – ununterbrochen.

2. Here we are

Alan

»Jason, ich kann allein für mich sorgen! Ehrlich, ich bin dir wirklich unendlich dankbar, aber so langsam reicht es. Deine ewigen Übertreibungen sind ziemlich unnötig.« Patricias höflicher, reservierter und dankbarer Blick liegt mit mildem Bedauern auf ihm, während ihre freundliche, distanzierte Stimme im Raum verhallt. Es ist Sonntagnachmittag und er versucht es jetzt seit einer halben Stunde. Mit unendlich viel Geduld – mehr, als er sich bislang zugestanden hätte, was ihn längst nicht mehr verblüfft. Das Argument mit dem Anruf, der ihr nicht mehr möglich gewesen ist, hat sie nicht gelten lassen. Dies wäre das erste Mal gewesen, dass sie so krank geworden sei und mit der Dosis Antibiotika, die sie verabreicht bekommen habe, würde das nicht so schnell wieder geschehen. Er hat die Gefahren angeführt, die für allein lebende Frauen immer bestehen. Sie konterte mit den wachsamen Nachbarn, was Alan leider nicht negieren kann, noch neugieriger als die Schabracke genau gegenüber geht es wohl nicht.

Allerdings wächst seitdem unaufhaltsam sein Zornpegel und er überlegt, ob er sie einfach entführen soll. Er hat sie darauf hingewiesen, dass er sie dann nicht allmorgendlich abholen müsste. Ein leichtsinniger Fehler, wie er sofort erkannte, denn sie returnierte unter leicht süffisantem Grinsen – das ihr übrigens überhaupt nicht steht – mit ihrem VW-Golf, der seit Monaten unbenutzt vor dem Haus parkt. Wenn Alan (Jason, inzwischen hasst er es, wenn sie ihn so nennt) überfordert sei, könne sie auch durchaus allein fahren. Es bestehe keine Notwendigkeit, sie täglich zu chauffieren. Das war ihre vorletzte Gegenargumentation. Zu diesem Zeitpunkt konnte man seinen Gemütszustand schon als relativ gereizt bezeichnen. Nebenbei fragt er sich mit zunehmender Verzweiflung, was er hier eigentlich tut. Er ist versucht, sie einfach über seine Schulter zu werfen, in sein Haus zu bringen und dann … Ja, verdammt, was denn dann?

Kein einziges Mal kommt ihm die Idee, es einfach dabei zu belassen und sich aus ihrem Leben zu entfernen. Das soll ihm allerdings erst später aufgehen, denn momentan sitzt er ihr gegenüber wie ein kleiner Collegeboy und versucht, dieses Wesen, das *nichts* aber auch überhaupt nichts mit der sinnlichen, leicht schlampigen Patty zu tun hat, die er vor scheinbaren Ewigkeiten kennenlernte, davon zu überzeugen, dass er inzwischen Teil ihres Lebens ist. Er will gerade erwidern, dass es sehr wohl eine Notwendigkeit gibt – nämlich für ihn –, beherrscht sich jedoch rechtzeitig. Langsam gehen ihm die vernünftigen Entgegnungen aus, was auch wieder bemerkenswert ist, wo seine schlüssige und lückenlose Argumentationskette bislang noch jeden Gesprächspartner in die Knie gezwungen hat. Sein letztes war bereits mehr als lächerlich: Er könne das Kochen übernehmen, wenn sie gemeinsam wohnten, dann wäre ihre gesunde Ernährung sichergestellt. Das brachte ihm nur ein geringschätziges Lächeln ein, für das er jeden anderen getötet hätte. Patty treibt seinen Unmut nur weiter auf die Spitze, aber noch gibt er nicht auf.

»Patricia«, knurrt er. »Wir sind doch gut miteinander ausgekommen. Warum überdenkst du diese Möglichkeit nicht wenigstens? Wir könnten ein größeres Appartement nehmen, solltest du nicht in meinem Haus wohnen wollen. Es wäre ...« Abrupt verstummt Alan und mustert sie erstaunt. Der höfliche, distanzierte, dankbare Blick ist mit einem Mal verschwunden. Um sich zu vergewissern, dass er sich nicht in der Tageszeit getäuscht hat, blickt er eilig zum Fenster. Nein, es ist eindeutig noch hell. Aber weshalb sitzt dann eine blonde, langhaarige Schönheit mit zusammengekniffenen Augen vor ihm, deren Unterlippe vorgeschoben und deren Fäuste plötzlich geballt sind?

Seine Verblüffung entgeht ihr nicht – leider – denn kurz darauf hat sie sich gefangen und ihm sitzt wieder Patricia Vault gegenüber. Ihres Zeichens höflich, distanziert und überaus dankbar. Er blinzelt, fragt sich tatsächlich, ob er einer Halluzination zum Opfer gefallen ist, bis sein Blick auf ihre Fäuste fällt, die sie bei der Wiederherstellung ihrer saublöden Maskerade übersehen hat. Ein Fehler, den sie behebt, sobald sie sich dessen bewusst geworden ist. Ihre Stimme hat sie auch weniger gut unter Kontrolle, denn als sie antwortet, klingt sie einen kleinen Hauch zu laut und etwas zu schrill. Offenbar geht Patricia – höflich, distanziert, dankbar – langsam die Luft aus.

»Selbst wenn wir – wie nanntest du den Scheiß? – gut miteinander ausgekommen sind, sehe ich echt keinen Grund, deshalb mit dir zusammenzuziehen. Das kann unmöglich dein Ernst sein!«

Verzweifelt und mit gleichsam wachsendem Zorn sucht er in ihren Augen nach Patty. Irgendwo dort muss sie sein, er hatte sie doch eben beinahe! Falsch! *Er hatte sie.* Für kurze zwei Sekunden. Was hat er auch in seiner geistigen Umnachtung erwartet? Dass sie nach seiner freundlichen Zurückweisung tatsächlich seinen Plänen zustimmen würde? Nachdem sie heißen, verdammt heißen Sex hatten, natürlich. Den sie beide wollen, auch das lässt sich nicht von der Hand weisen. Sie fühlt es wie er und will trotzdem nicht einsehen, dass er ihr nun mal nicht nachgeben kann. Obwohl er inzwischen das sprichwörtliche Chaos ist, versucht Alan es noch ein letztes Mal. »Patty ...?«

Sie erstarrt.

»Patty ...?«, murmelt er und ist begeistert, weil es ihm gelingt, das Knurren aus der Stimme zu halten. Keine Reaktion. Nun, sie muss ihm nicht unbedingt antworten. Er weiß auch ohne eine Erwiderung, dass sie ihm lauscht. »Verstehst du nicht, dass ich nicht anders kann?«

Ihr Kopf wischt zu ihm herum. Sie sitzen in gesitteter Entfernung auf der Couch, was Alan auch nervt und nicht zu wenig. Symbolträchtiger geht es nämlich nicht. Er muss nicht die Augen schließen, damit die Bilder der vergangenen Nacht wieder vor ihm auftauchen. Heiße, leidenschaftliche Impressionen von zwei Körpern, die sich langsam und im stetigen Takt miteinander bewegen. Er fühlt sich wieder als Teil ihres heißen, feuchten Körpers, spürt erneut, wie sich ihr Herzschlag unter seinen Berührungen beschleunigt, und hört, sie immer wieder aufstöhnen, auf diese heiße, dunkle Art, die ihn immer auf Touren bringen wird. Genau diese Erinnerung sucht sie auch gerade heim, sie kann es nicht vor ihm verbergen. Patty ist zurück, aber die erwartete Wut bleibt aus.

Nichts ist da, kein vorgeschobenes Kinn, keine zusammengekniffenen Augen, nichts, was Angriffsfläche bieten würde. Stattdessen Schmerz, und zwar jede Menge davon. Als er ihre Hände nehmen will, weicht sie zurück. »Nein!«

»Patty ...?«

Dann geschieht das, was er für unmöglich gehalten hätte.

»Nenn – mich – nicht – Patty!«

Im ersten Moment will Alan grinsen, überlegt es sich aber anders. Was ist das? Was soll das? Ohne weiter darüber nachzudenken, nimmt er ihre Hände, ignoriert ihr erneutes Zurückweichen und schaut sie eindringlich an. »Begreifst du das denn nicht? Es geht nicht.«

»Nein, das kapiere ich absolut nicht«, erwidert sie sichtlich sauer.

Resigniert atmete er aus. »Wir können nicht so zusammen sein, wie du dir das vorstellst.«

»... wie ich mir das vorstelle?«

»Ja«, entgegnet er langsam. »Es wäre am besten, wenn du ab sofort in meiner Nähe wärst. Aber was du dir da einbildest, wird niemals geschehen. Schlag dir das aus dem Kopf!«

Mit wem er gerade spricht, ist ihm nicht ganz klar. Mit Patty oder dem Teil in ihr, der gerade frustriert auf ihn einbrüllt. Unwirsch entzieht sie ihm ihre Finger. »Ach nein, was genau wünsche ich mir denn deiner Ansicht nach?«

»Du hast dich der Illusion hingegeben, wir beide hätten eine Zukunft, Patty. Und das war ein Fehler.«

»Woher weißt du, dass ich so denke?«

Weil er es heute Nacht in ihrem Blick gesehen hat? Hat er das tatsächlich? Ja, davon ist Alan überzeugt. Doch war er nicht gleichzeitig sicher, dass sie ihn nicht liebt? Er forscht in ihren Augen nach einer Antwort auf diese mit einem Mal elementare Frage und verbannt dabei störrisch das anhaltende irre Gelächter, weil er überhaupt so dämlich ist, sich dieser Situation auszusetzen. Warum müssen diese Augen nur so blau sein? Sie begegnet seinen Blick mit gleicher Intensität. Auch sie scheint zu suchen, und plötzlich fürchtet er das, was sie finden könnte. Alan ist es nicht gewohnt, seine Gefühle zu verbergen, weil er noch nie welche empfand, die es erforderlich gemacht hätten, sie zu verschleiern.

»Ich kann es natürlich nicht genau wissen«, erwidert er gelassen, viel zu spät um seine Anspannung noch überspielen zu können und schließlich blickt sie zu Boden.

»Nein«, sagt sie leise. »Das kannst du nicht, und ich nicht, was du denkst, richtig?«

»Nein, das kannst du nicht«, entgegnet er ruhig.

»Weil es niemals gesagt wurde, richtig?«

»Exakt.«

»Und du würdest natürlich niemals sagen, wenn ... du etwas über dein Mich-mögen hinaus für mich empfinden würdest, nicht wahr?«

»Selbst wenn es so wäre – wobei es nicht an dem ist – würde ich es nicht sagen.«

Eilig sieht sie auf. »Weil ...?«

»Weil wir niemals zusammen sein können, Patty.«

»Weil ...?«

»Weil wir in vielfacher Hinsicht nicht zueinanderpassen. Ich bin viel zu alt für dich, entstamme anderen Kreisen, mein Leben ist ein anderes. Das kann dir doch nicht entgangen sein.«

»Und trotzdem verlangst du von mir, dass ich mit dir zusammenlebe, ist das auch richtig?«

Ja, das scheint paradox, oder? Er bietet ihr nichts, keine Zukunft, keine Beziehung, keine Garantien, nicht einmal Liebe, vielleicht ein wenig Zuneigung und dennoch soll sie sich vorbehaltlos in seine Hände begeben. »Ich will nicht, dass dir etwas geschieht«, stößt er rau hervor.

»Weil ...?«

Entnervt verdreht Alan die Augen. »Das hatten wir alles bereits! Ich fühle mich für dich verantwortlich. Versuche nicht, mit Gewalt etwas in diese Angelegenheit hineinzuinterpretieren, was mit Sicherheit nicht vorhanden ist!«

Plötzlich verschränkt sie die Arme und ihr Blick wird herausfordernd. »Du lügst!«

»*Was?*«

»Du lügst!«

Die Zuversicht in Stimme und Gesicht reizt Alan plötzlich mehr als alles andere. Wie kommt sie dazu, so etwas zu behaupten? Nicht, dass es nicht stimmt, aber diese vermeintlich unerschütterliche Überzeugung ist Indiz – und ein sehr unangenehmes– dafür, dass er viel, viel mehr offenbart hat, als gut sein kann. Alan zwingt sich zu seinem trockensten Lachen. »Du liegst falsch. Ich weiß nicht, wie du auf diese absurde Behauptung kommst, aber das ist einfach nur lächerlich.«

»Lächerlich?«

»Ja.«

In ihrem Gesicht arbeitet es und Alan behält unter einigen Mühen seine spöttische Miene bei. »Ich weiß, ich bin jung und dumm und naiv. Ganz im Gegensatz zu dir, denn du scheinst ja aus irgendeinem Grund, den du mir nicht erklären willst, die Weisheit für dich gepachtet zu haben. Du hast natürlich recht, ich kann mich irren.

Doch wenn das so ist, wenn ich mich irre, dann sehe ich keinen Grund, weshalb wir uns jemals wiedersehen sollten. Wenn ich mich irre, dann wäre es sogar falsch, das zu tun. Denn im Gegensatz zu dir empfinde ich sehr viel für dich. Sind wir doch mal ehrlich, es bleiben genau zwei Alternativen: Entweder ...«

»Nein!«

Plötzlich befinden sich seine Hände auf ihren Schultern. »Tu – das – nicht!«

Sie weicht seinem Blick nicht aus. »Was soll ich sonst tun?«, wispert sie. »Okay, ich bin dir egal, cool, das muss ich wohl akzeptieren, das tue ich auch. Aber was soll ich dann bei dir? Und vor allem, was willst du HIER?« Unerwartet senkt sie den Blick, Alan sieht, wie sie die Augen schließt. Und als sie wieder aufschaut, ist ihr Blick kalt und erbarmungslos. »Bitte geh jetzt!«

»Patty ...«

Sie schüttelt den Kopf. »Geh!«

Lange betrachtet er sie, wobei er die glitzernden Tränen in ihren Augen sehr wohl bemerkt. Doch dann steht er wortlos auf, begibt sich zur Tür und schließt sie kurz darauf hinter sich.

3. Ordinary Man

›So ist es gut!‹, sagt Alan sich immer wieder, auch wenn er nicht die Stadt verlässt und endlich wieder normal wird. Stattdessen besucht er weiter das verdammte College. Wie der übelste Wiederholungstäter, der er in Wahrheit wohl auch ist. Sie leidet, das lässt sich nicht von der Hand weisen. Ihre rot geschwollenen Augen sind Indiz genug, und er fühlt sogar eine gewisse Genugtuung in sich, schließlich hat sie ihn davongejagt, und ganz ehrlich, so was ist ihm nun garantiert noch nicht passiert. Er hat es auch nicht nötig. Eigentlich. Alan holt sie nicht mehr ab, denn er hat sich geschworen, sich von ihr fernzuhalten, wie sie es verlangt. Sie fährt jetzt immer mit ihrem Golf zur Uni – so wird das Fahrzeug wenigstens mal seiner Bestimmung gemäß genutzt. Alan verbringt momentan viel Zeit damit, zumindest auf telefonischem Wege Kontakt zum Orden zu halten. Man sieht sich noch immer nicht in der Lage, ihm einen neuen Posten zu geben, klingt überhaupt sehr reserviert, was seinen Zorn mal wieder in beachtliche Höhen treibt. Am allermeisten stört ihn an diesen alten Männern, dass sie immer so tun, als hätten sie in all den Jahren niemals eine Krise durchlebt.

Dies ist seine erste – alles in allem genommen –, und er ist gerade dabei, sie zu meistern, also was soll der Scheiß? Genau genommen versieht er seine Aufgabe auch an der Uni. Denn hierher gehen viele Sprösslinge der Typen, gegen die er die Welt beschützen soll. Auch wenn er sich vermehrt fragt, ob dieser verdammte Erdball mitsamt seinen Menschen nicht ohnehin zwangsläufig dem Untergang geweiht ist. Womit ihn seine Arbeit, seine Bemühungen, selbst der manchmal ziemlich grotesk anmutende Drang, länger zu leben als alle anderen, extrem dämlich aussehen lässt.

Als Shaila und Fred von ihrem Ausflug zurückkehren, ignoriert Alan sie weitestgehend. Besonders verbissen bemüht er sich, nicht zu bemerken, dass Shaila natürlich nichts Eiligeres zu tun hat, als zu Patty zu rennen und diese zu trösten. Wie immer. Es wäre zumindest eine nette Geste gewesen, wenn sie zur Abwechslung einmal *ihn* getröstet hätte. Doch Alan erntet nur einen grimmigen Blick.

»Fantastisch, JASON!«

Er nimmt seine Zähne kaum auseinander. »Halt dich da raus! Außerdem weißt du am besten, weshalb ich mit Decknamen arbeiten muss, stelle mich bitte nicht wie einen Trottel hin!«

»Oh, natürlich. Bitte entschuldige vielmals.« Sie deutet eine Verbeugung an.

»Bitte.«

Weder wird er mit Shaila diskutieren noch sich Freds stillen Vorwürfen stellen. Er hat bereits genug Probleme, als dass er diesen Kindergarten noch unterstützen müsste. Es hat genau drei Tage gedauert. Drei Tage lang beobachtete man. Die Blicke huschten zwischen Patty, die mit einem Mal allein in den Hörsälen und in der Mensa sitzt, und ihm hin und her. Er befindet sich immer am anderen Ende des Raumes, und würdigt Patty keines Blickes, hält sich so fern wie möglich, sieht sie nicht und spricht nicht mit ihr.

Auch Patty ignoriert ihn. Alles Weitere hat er längst aufgegeben, denn er hatte zunehmend das Gefühl, sich zum Trottel zu machen, und das steht ihm nun mal nicht. Vielmehr setzt er sich neuerdings mit der Verwaltungsetage des Colleges auseinander, deren Mitglieder ihm und seiner Familie fast ausnahmslos bestens bekannt sind. Ganz besonders trifft das auf den Dekan und die alteingesessenen Dozenten zu. Hier fühlt er sich bedeutend wohler und vor allem nicht mehr so verdammt deplatziert. Man bot ihm sogar einen Vertretungsposten als Dozent an, welchen er dankend ablehnte. Mit dem Hinweis, dass er ja zum Studieren hier sei. Doch es ist nicht von der Hand zu weisen, dass Mr. Jason Lexington nicht unbedingt zu den gemeinen Studenten zählt.

Er residiert jetzt in der Mensa immer am Tisch der Dozenten.

Vorteil für ihn, so gelangt er hinter etliches Insiderwissen, was ihm bei seinem immer noch himmelschreiend dämlichen Job, dieses Mädchen zu beschatten, durchaus zupasskommt.

Ab dem vierten Tag sitzt Patty in den Vorlesungen plötzlich nicht mehr allein. Jetzt hat sie immer mindestens einen unmittelbaren Nachbarn und die sind immer ausnahmslos männlich. In der Mensa scheint sich die Anzahl ihrer männlichen Bewunderer mit jedem Tag zu verdoppeln. Fanden sich am fünften Tag noch drei Interessenten ein, so sind es am sechsten fünf. Das Wochenende verbringt sie jedoch allein zu Hause, wenn man Shaila Glauben schenken darf.

Diese Einsamkeit ändert sich jedoch schlagartig am Montag der zweiten Woche, seit ihrer ›Trennung‹. Denn ab diesem Moment beginnt Patty, auf die Angebote der Typen einzugehen. Inzwischen hat sich die Anzahl der Interessenten beim Lunch auf stolze zwölf gesteigert, man muss jetzt zusätzliche Stühle heranziehen, um überhaupt sitzen zu können. Alan erübrigt kaum einen knappen Blick zu ihnen hin und fragt sich vermehrt, was nur in ihn gefahren ist. Er könnte seine Zeit durchaus gewinnbringender investieren.

Trocken lacht er auf.

Ja, ihm ist nicht entgangen, was genau dieses naive Ding dort treibt. Es hat einen Moment gedauert, das gibt er gern zu, doch endlich hat er begriffen, weshalb Patty sich mit all diesen kleinen Jungen in Seattle verabredet hatte. Und es funktioniert ja prächtig, damals wie heute. Also seine Aufmerksamkeit hat sie. Uneingeschränkt. Nur ändert das leider überhaupt nichts an der allgemeinen Lage, und Patty scheint nicht zu begreifen, dass sie sich in Gefahr begibt. Nach wie vor. So war es bei ihm, so war es, nachdem er versuchte, irgendwie die Finger von ihr zu lassen, und so ist es jetzt, wo sie ein weiteres Mal auf den Trotz zurückgreift. Sie spielt mit Männern! Männer, die eine ganz konkrete Vorstellung von dem haben, was sie von ihr wollen. Und wenn Patty sich der Illusion hingibt, diese Typen genauso sorglos für ihren Zweck – Alan in den Wahnsinn zu treiben – benutzen zu können, dann hat sie die Rechnung ohne sie gemacht. Kein Mann lässt sich gern auf die lange Bank schieben, und Patty geht jetzt beinahe täglich mit irgendeinem von ihnen aus. Bisher ist es ihr immer gelungen, sie zurückzuweisen, ohne dass jemand ernsthaft dagegen Einspruch erhob oder versuchte, sich mit Gewalt zu nehmen, was ihm seiner Ansicht nach zusteht. Doch die Frustration ihrer Stalker steigt mit jedem Tag. Das Einverständnis zu einer Verabredung wird mit eindeutigem Interesse gleichgesetzt.

Das verfolgte und so sicher geglaubte Ziel nicht zu erreichen, ist keiner dieser Wichser gewöhnt. Mehr als einmal steht Alan kurz davor, den jeweiligen Kerl eigenhändig zu töten, weil er trotz Pattys eindeutiger Abfuhr nicht seine Finger von ihr lassen will.

Er beobachtet es zwar nur aus der Ferne, doch er kennt ihre Mimik und er hört die Storys, die abends in der Kneipe die Runde machen. Wie weit wird Patty Vault gehen? Wie weit wird sie dieses gefährliche Spiel treiben, nur um Alan zu einer Reaktion zu provozieren? Die mit Abstand interessanteste Frage ist jedoch: Wie weit *muss* sie gehen, bis er sich zu einer Reaktion provozieren *lässt?* Sein Vorteil und Pattys Nachteil ist, dass sie seinen Schutz genießt, ohne dass er unbedingt einschreiten muss. Er kann die Situation aus der Ferne beobachten, bereit, einzugreifen, wenn es zu schwierig wird. Patty weiß das nicht, vielleicht will sie es auch nur nicht wissen, auf jeden Fall ist seine Passivität der Grund, weshalb sie ihr Projekt von Tag zu Tag offensiver verfolgt und sich somit mit jedem Tag in größere Gefahr bringt. Bisher galt sie als nicht mehr und nicht weniger als Alans Eigentum, darum hielten sich ohnehin die meisten von ihr fern. Bei den eher Beratungsresistenten genügte ein drohender Blick seitens Alan, damit auch sie es begriffen. Den Leithengststatus hat er keineswegs eingebüßt.

Randy taucht aus der Versenkung auf, und diesmal kann Alan es nicht unterbinden, dass er sein Glück bei Patty versucht. Die merkt nicht, was für ein faules Ei sich bei ihr eingeschlichen hat. Er ist gut situiert, relativ attraktiv und wirkt harmlos. Außerdem weiß er ganz genau, wie er sich einem Mädchen nähern muss, damit es anbeißt. Und im Gegensatz zu den Normalen durchschaut er Pattys Unerfahrenheit innerhalb weniger Minuten. Leichte Beute. Erstsemester, unbedarft, arglos, vertrauensselig. Das sind die Attribute, die ihm am liebsten sind. Er verfügt über hervorragende Umgangsformen, weiß sich zu benehmen, und wie man ein Mädchen ausführt, dass man ihm die Tür aufzuhalten und nach dem Essen für die Rechnung aufzukommen hat. Niemand würde hinter ihm das vermuten, was er ist. Randy Sorrow, Sprössling eines reichen Ölmagnaten aus Kalifornien, setzt sich schnell gegen die anderen Anwärter durch. Er behandelt Patty mit ausgesuchter Freundlichkeit, lädt sie jeden Tag zum Lunch ein und wartet vor den Hörsälen auf sie, um ihre Bücher zu tragen. Währenddessen plant er möglicherweise ihren Tod. Alan hat den Kerl seit Jahren auf dem Schirm, genau wie dessen Vater. Er steht auf der Abschussliste des Ordens, Alan hat ihn fast sofort in der Menschenmenge ausfindig gemacht und es kostete ihn nur wenige Anrufe, um beinahe alles über ihn herauszufinden.

Den Rest kann er sich hinzudenken, und er weiß, dass er mit der Wahrheit nicht sehr danebenliegt. Randy Sorrow hat bereits einige Mädchen zu Tode gequält. Seit seinem sechzehnten Lebensjahr agiert er immer auf die gleiche Weise und niemals ist auch nur der geringste Verdacht auf ihn gefallen.

Es ist sein heimliches Hobby und er achtet tunlichst darauf, neben dieser Leidenschaft einem durch und durch achtbaren Lebensstil zu frönen. Er verfügt über einen großen Freundeskreis, spielt Tennis, besucht einmal wöchentlich den Country Club, in dem er dank seines Vaters lebenslange Mitgliedschaft genießt. Er ist Führer der Alpha-Studentenvereinigung, ebenfalls vererbt durch seinen Vater, genau wie der Platz im dunklen Teil des Ordens. Er hat keine der entwürdigenden Aufnahmeprozeduren durchleben müssen. Randy beteiligt sich auch gern an gemeinnützigen Projekten, spendet oft und viel auf diversen Spendenveranstaltungen und er tötet kleine, unbekannte Mädchen, die er danach sorgfältig irgendwo verscharrt oder anderweitig verschwinden lässt.

Oh, Randy Sorrow ist gut, noch nie hat er auch nur die winzigsten Spuren hinterlassen. Er pflegt seine Coups lange und ausführlich zu planen, vermeidet dabei jede mögliche Spur, die vielleicht nach dem Verschwinden des Mädchens zu ihm führt. Genauso wichtig, wie der eigentliche Mord, der sich manchmal über Tage ausdehnt, ist die Vorbereitungsphase.

Randy nimmt nicht jedes Mädchen. Oh, nein. Es muss seinen Anforderungen entsprechen. Und die sind hoch. Voraussetzung ist ein gewisser Intellekt, denn sie soll schließlich begreifen, was mit ihr geschieht. Das hat Fred in unzähligen Gesprächen mit dem Wichser erfahren, dem er sich auf Alans Bitte hin angenähert hat und jetzt öfter mal mit ihm ein Bierchen trinken geht. Alan hat ja neuerdings bei dem Kerl verschissen, was ganz gut ist, er weiß nämlich nicht, wie lange er sich beherrschen könnte.

Randy dokumentiert seine Abenteuer auf Fotos, die er sorgsam in einem Schließfach seiner Privatbank aufbewahrt, zu dem nur er zugriffsberechtigt ist. Dahinter gelangte Fred, als Randy ihm in einer Whiskylaune von seiner expansiven Kamera erzählte, und dann von dem Schließfach, in dem er seine Schätze aufbewahre.

Ja, in Wahrheit verschleiert das Arschloch nichts von dem, was er tut, man muss ihm nur aufmerksam zuhören. Was anscheinend bisher niemand getan hat.

Dieser Randy Sorrow, der in den letzten Monaten sehr untätig war, zumindest was sein heimliches Hobby betrifft, hat offensichtlich beschlossen, Patty Vault die Ehre zu erweisen, sein nächstes Opfer zu werden.

Ihres Zeichens jung, unschuldig, schön und einziger Lebensinhalt eines gewissen ziemlich einsamen Mannes, der sich momentan entgegen seiner sonstigen Lebensauffassung mehr oder weniger als ihr Stalker betätigt.

Ausnahmezustand!

Es gibt keine andere Bezeichnung für das, was mit ihm stattfindet. Sein erster Impuls ist, diese gesamte Vorstellung abrupt zu beenden, sie aus der Mensa zu schleppen und die Stadt zu verlassen. Doch er kann sie nicht kidnappen! Abgesehen von der Tatsache, dass es vielleicht etwas Aufsehen erregt hätte, würde sie es wohl niemals akzeptieren. Was ist nur aus dem ungelenken Mädchen geworden, das er vor wenigen Monaten im Park aufgelesen hat? Und vor allem, was soll Alan tun? Sie ihr Leben lang als seine persönliche Gefangene halten, damit sie nicht von anderen Männern getötet wird? Zu ihrem eigenen Besten? Er kann sich nicht helfen, doch er hat den Verdacht, dass sie unter Umständen gewisse Zweifel an seinen Motiven hegen könnte. Sie würde ihn hassen. Und Alan kann mit allem leben, wie er in den vergangenen Wochen erfahren musste. Er erträgt ihre Ignoranz, ihre an Dummheit grenzenden Provokationen, ihre infantilen Versuche, ihn zu bekehren und sogar die Tatsache, ihr nie zu nahe kommen zu dürfen. Selbst damit, sie nicht berühren zu dürfen, kann er inzwischen umgehen, solange er nur sichergehen darf, dass sie da ist und sich vielleicht auch ein wenig nach ihm sehnt. Aber mit ihrem Hass könnte er nicht leben. Er wägt alle Alternativen gegeneinander ab, während er Tag für Tag den immer weiter fortschreitenden Planungen von Randy Sorrow – dem unterirdischen Wichser – beiwohnt. Gut erkennbar an seinen begehrlichen Blicken und der Tatsache, dass er sich von den anderen Studenten immer mehr zurückzieht.

Als er an einem Donnerstag im Dezember dann endlich so weit ist, Phase A seines Planes in die Tat umzusetzen – Patty zum ersten Mal auszuführen – entschließt Alan sich, einzugreifen. Er wartet nach Ende der letzten Vorlesung an ihrem Golf. Sie nähert sich nur langsam, in Begleitung Randys, der ihr höflichst die Bücher trägt und unaufhörlich auf sie einredet. Als sie Alan entdeckt, bleibt sie abrupt stehen, und trotz des roten Hasses, der sein Sichtfeld gehörig umnebelt, sieht er, wie ihre Augen plötzlich groß werden.

»Gibt es ein Problem?«, fragt Randy, während sein Blick zwischen ihr und ihm hin und her fegt. Eine mögliche Komplikation, die Randy ganz offensichtlich nicht mag.

»Nein, es ist okay«, ertönt Pattys leise Stimme. »Danke für deine Hilfe. Ab hier schaffe ich es allein.«

Er ist nicht überzeugt. »Patty ...« Der Wichser verwendet ihren Kosenamen! »... Ich weiß nicht. Wenn er dich belästigt ...«

Sie schüttelt den Kopf. »Nein, echt nett von dir, aber es ist cool.«

Er sieht ein, dass er an dieser Stelle nichts ausrichten kann und das rettet ihn ... für den Moment. Widerwillig wendet er sich ab und geht so langsam wie möglich zu seinem Wagen. Wohl in der Hoffnung, ihr Gespräch mitverfolgen zu können.

»Was willst du?«, erkundigt sie sich, sobald sie Alan erreicht hat. Aggressiv ist sie nicht, nur überrascht. Erst jetzt geht ihm auf, dass er ihr seit drei Wochen zum ersten Mal so nah ist, ganz zu schweigen von einem Gespräch. Das macht die Dinge keineswegs einfacher, denn was er ihr zu sagen hat, wird nicht unbedingt dazu führen, dass sie ihm vor Freude um den Hals fällt. Wenn sie es aber doch tut – sein Verstand reagiert blitzschnell und spinnt die Vorstellung weiter, ohne dass er etwas dagegen unternehmen kann –, wenn sie es aber doch täte, dann würden sich ihre seidigen Arme um seinen Hals legen und ihr Gesicht würde seinem so nah sein, dass er die winzigen Sommersprossen auf der Haut ausmachen könnte. Und er würde ihre Lippen sehen, die winzigen Linien darin, die ihrer Weichheit keinen Abbruch tun. Er würde selbst in ihre Augen sehen können, endlich, nach so vielen Wochen.

Auch wenn da kein Funkeln mehr ist, sind dennoch ...

»Ich muss mit dir reden«, beginnt er barscher als geplant, nur um diese jämmerlichen Gedanken abzuschütteln. Sie ist zwei Meter von ihm entfernt zum Stehen gekommen. Hinter dem Misstrauen und dem Schmerz in ihrem Blick, sieht er Hoffnung, die er enttäuschen wird. Logisch.

»Schieß los!« Ihre Hände krampfen sich um die Bücher.

»Du musst damit aufhören.«

Sie enttäuscht ihn nicht, denn blitzartig ziehen sich ihre Augen zusammen. »Ich habe nicht die geringste Ahnung, wovon du sprichst.«

Eindringlich betrachtet er sie. »Er ist gefährlich, Patty. Sogar äußerst gefährlich. Halt dich von ihm fern!«

Ihre Augen haben den Schlitzlevel erreicht. »Und woher nimmst du deine Weisheit?«

»Ich weiß es einfach«, erwidert er schlicht.

»Und du glaubst ernsthaft, dass ich dir das abkaufe?«

Alan verdreht die Augen. Verdammt! Er hat gewusst, dass sie so reagieren würde, aber hätte er sich nicht einmal täuschen können? Dennoch würgt er seinen Zorn hinunter und versucht es erneut. »Es ist nicht so, wie du denkst. Ich bitte dich nur, dich von diesem speziellen ... Mann fernzuhalten. Er meint es nicht gut mit dir und er wird dir wehtun.«

Unmöglich! Sie kann *unmöglich* noch etwas erkennen. Dafür ist inzwischen einfach zu wenig Raum zwischen ihren Lidern. Mit sichtlichen Schwierigkeiten spricht sie einen Namen aus, von dem sie meint, dass es Alans ist. »*Jason*, ich würde dir empfehlen, nicht ständig von dir auf andere zu schließen. Es gibt Leute, die es sich nicht zum Ziel gemacht haben, Mädchen in ihre Betten zu zerren und sie dann mit einem Fußtritt hinauszuschmeißen!«

Er hebt eine Augenbraue und verschränkt die Arme. »Ich hatte nicht den Eindruck, dich zerren zu müssen, weil du nämlich ziemlich freiwillig zu mir kamst. Und unaufgefordert – sorry, dass ich dich daran erinnern muss. Du warst zwar nicht immer in der Lage, dich allein auszuziehen – dabei musste ich dir gelegentlich helfen, also nicht mein üblicher Standard. Aber ansonsten habe ich keinen großen Unterschied zu jeder anderen Beziehung dieser Art feststellen können. Und glaub mir, zerren musste ich noch keine Frau!«

Neben den Schlitzen hat sich jetzt eine verräterische Röte in ihre Wangen geschlichen. »Hör auf damit! So war es nicht! Und das weißt du!«

»Ach ja? Interessant, wie verklärt du die Dinge im Rückblick siehst. Ich habe da weniger Schwierigkeiten, bei den Realitäten zu bleiben. Man kann das Ganze darauf reduzieren: Ich blieb für ein paar Nächte bei dir, du wolltest Sex und hast es mich wissen lassen. Völlig verständlich, obwohl ich angenommen hatte, dass du dich besser unter Kontrolle hast. Na ja ...« Er runzelt die Stirn. »Wenn ich mir ansehe, in welchem Tempo du hier voranschreitest, wundert es mich, dass du die drei Wochen überhaupt überstanden hast. So ganz ohne einen Schwanz zwischen deinen Beinen.«

Er hat sich zu ihr vorgelehnt und ihr Gesicht – inzwischen violett und langsam zum Braun tendierend – tut es ihm nach. Jetzt sind die verdammten Lippen verdammt nah, und der Drang, seine auf sie zu pressen, ist nahezu überwältigend. Doch am schlimmsten ist, er sieht ihre Augen – nun wieder offen und größer als jemals zuvor. Sie blitzen vor Zorn, funkeln dabei, sprühen auch ein bisschen. Verdammter Fuck!

Mit aller Macht würgt Alan seine Faszination beiseite.

»Weißt du, was du bist!«, zischt sie und das Blitzen wird zu einem Funkenschauer. »Du bist ein selbstgefälliger, arroganter Klotz, der unfähig ist, seine Gefühle zu akzeptieren und damit alle unglücklich macht. Du kannst mich mal kreuzweise, klar?«

Selbstgefälliger, arroganter Klotz? Okay, damit kann Alan umgehen. Unfähig, seine Gefühle zu akzeptieren? Das stimmt weniger, er hat sie durchaus akzeptiert, sie ihr nur nicht mitgeteilt.

Das bedarf einer Richtigstellung – wenn auch keiner verbalen. Bevor sie zurückzucken kann, hat er ihr Gesicht mit beiden Händen gepackt. Für einen flüchtigen Moment betrachtet er sie, sieht die bebenden Lippen und die grellblauen Augen, die schon immer sein Untergang waren, ehe er seinen Mund auf ihren senkt. Sie will in letzter Sekunde ihren Kopf zurückziehen, doch er hält dagegen, muss nicht einmal zu viel Gewalt anwenden, weil ihre Gegenwehr erlahmt, sobald er sie küsst. Ihre Lippen teilen sich wie von selbst und dann schmeckt er wieder diese unvergleichliche Süße, die ihn bis in seine Träume verfolgt. Er zieht sie näher, lässt sie spüren, wie sehr er sie begehrt, kreist mit seinen Hüften an ihren und erforscht ausführlich ihren Mund.

Alan hört die Bücher in den Schmutz fallen, als sie ihre Arme um seinen Hals legt. Seine Hände lösen sich von ihrem Gesicht, eine packt ihr seidiges Haar und wird augenblicklich zur Faust, die andere findet ihren Hintern und presst sie noch näher an sich. Seine Hüften kreisen energischer, sie reibt ihre Brüste an ihm, sodass er die festen Spitzen deutlich spürt, was seine Erregung noch weiter steigen lässt. Fieberhaft überlegt er, ob er sie einfach auf der Motorhaube ficken sollte. Wenn es jemand sieht, haben sie eben Pech und zu irgendwas müssen seine glänzenden Kontakte zur Uni-Leitung ja nütze sein. Seine Hand arbeitet sich zu dem Bund ihrer Jeans vor, öffnet den Knopf, schlüpft sofort unter ihr Höschen und findet mit einigen Schwierigkeiten ihre Feuchtigkeit und dort den so geschwollenen erwartungsvollen Kitzler.

Sie holt keuchend durch die Nase Luft, ihr Herz pocht heftig an seiner Brust und er packt noch stärker zu. Inzwischen presst sie sich auch an ihn, hat den Rhythmus seiner Hüften aufgenommen, passt sich der Bewegung seines Fingers an und stöhnt, als ihre Zungen sich ineinander verweben. Zeit, das Ganze zu beenden.

Alan zieht seine Hand aus ihrer Hose, löst ihre Finger von seinem Nacken und seine Lippen von ihren, bevor er sie ein Stück weit von sich schiebt. Sie hält die Lider geschlossen, doch er sieht die Tränen unter den Wimpern glitzern.

Verdammt!

»Geh dem Wichser aus dem Weg, date ihn nicht mehr. Gib ihm keine Gelegenheit, mit dir allein zu sein. Bitte, vertrau mir.« Als sie ihn ansieht, wird er mit ihren Tränen konfrontiert und kann sein leises Stöhnen nicht verhindern.

»Wirst du deine Meinung ändern?«, wispert sie flehend.

Bedauernd schüttelt er den Kopf und die erste Perle löst sich. »Ich kann nicht. Es geht einfach nicht.«

Dann hebt er die Bücher auf, legt sie auf das Dach ihres Wagens und geht. Wissend, dass sie nicht auf ihn hören wird.

Doch das ist nicht mehr sein größtes Problem: Denn er hat Randys Gesicht gesehen, und eins und eins zusammengezählt. Noch nie hat dieser kleine Wichser eine solche Demütigung erfahren. Noch nie hat ein Mädchen, für das er sich auf seine ganz private Weise interessierte, einem anderen, und wenn auch nur vorübergehend, den Vorzug gegeben. Dafür wird Patty büßen müssen.

Fred, der die kommende Nacht nicht ungenutzt verstreichen lässt, sondern sich einmal mehr an die Fersen des widerlichen Idioten hängt, bestätigt ihm wenig später die Mutmaßungen. Alles in allem wirkt Sorrow überhaupt nicht glücklich.

4. Safe

Patty ändert nichts an ihrem Verhalten. In Wahrheit scheint sie sich sogar noch zu steigern. Wenn sie sich bisher nur auf dem Campus mit Randy abgegeben hat, dann verbringt sie jetzt mehr und mehr Zeit mit ihm. Alan befindet sich in einem Zustand, den man getrost als hochgradig panisch bezeichnen kann. Seine heimliche Beschattung hat er längst aufgegeben. Stattdessen stellt er sich jetzt für die beiden – besonders für die Bestie – gut sichtbar auf die Straße und lässt sie nicht aus den Augen. Er könnte ihn einfach töten, wäre da nicht das Problem, dass Patty ihm niemals glauben würde. Er weiß nicht, was sie für die kleine Kanalratte empfindet, vielleicht liebt sie ihn sogar. Was würde sein Tod in ihr auslösen? Sähe es für sie nicht so aus, als hätte Alan sich seines Rivalen entledigt? Wie würde sie überhaupt auf die Tatsache reagieren, dass er eines Mordes fähig ist? Er muss das Kunststück – und das ist es tatsächlich – vollbringen, zu dulden, dass sie sich mit diesem Wichser umgibt und dennoch in jeder Sekunde für ihre Sicherheit sorgen. Doch all das heißt ja nicht, dass er ihn nicht ein wenig nervös machen kann, oder? Letzteres scheint ihm bereits nach zwei Tagen gründlich gelungen zu sein.

Ein Kinobesuch fand statt und inzwischen sitzen sie beim Dinner im Restaurant. Er ist nicht nur nervös, sondern kann sich kaum noch beherrschen. Alan sieht es an den Todesblicken, die Randy ihm zuwirft und er amüsiert sich trotz seines wachsenden Zornes prächtig. Ihn hatte er bisher in seiner Planung nicht berücksichtigt.

Am Mittwochabend führt der Wichser sie wieder in ein renommiertes Restaurant aus. Störrisch ignoriert Alan das Kleid, das sie trägt, es handelt sich nämlich genau um das, welches sie bei ihrem so geschichtsträchtigen Treffen angezogen hatte. Er hat es ihr gekauft, nur mal so. Im Grunde ist Alan ja schon erstaunt, dass sie es überhaupt noch besitzt. Okay, er bemüht sich zumindest, nicht auszurasten, wissend, dass dieses kleine Biest ja genau dies mit dieser kindischen Aktion bezweckt. Ebenfalls übersieht er auch die Tatsache, dass der Wichser seine Hand auf ihre legt. Randy versucht seit vier Tagen, von Patty in deren Wohnung gebeten zu werden, doch das wusste die bisher geschickt zu verhindern. Warum kann Alan nicht wissen, auf jeden Fall konnte er mindestens zwei Gespräche belauschen, in denen sie ihn abwimmelte. Dieses Phänomen ist ihm bereits zuvor aufgefallen. Egal, von wem sich Patty gerade anbaggern lässt.

Ob es ein pickliger Drittsemester ist, der sich im siebten Himmel wähnt, oder ein geistesgestörter Serienmörder, nie nimmt sie jemanden mit zu sich nach Hause. Die meisten wissen nicht einmal, wo sie wohnt.

Patty pflegt, zu ihren Verabredungen in ihrem eigenen Wagen zu kommen und auch wieder allein nach Hause zu fahren. Leider ist Randy nicht jeder, was wohl eher ein Segen ist. Er nahm den Umstand, dass Patty ihm nicht freiwillig ihre Adresse nennen will, zum Anlass, einen nächtlichen Einbruch im Verwaltungsgebäude des Colleges zu wagen und sich ihre Daten auf diese Weise zu beschaffen.

Alan, der etwas in dieser Art ahnte und Fred veranlasste, ihm zu folgen, befindet sich spätestens jetzt in Alarmbereitschaft. Tag und Nacht bewacht er mit Shailas und Freds Unterstützung ihr Haus, dieser kleine Bastard wird nicht die leiseste Chance haben, sie im Schlaf zu überfallen. Doch das entspricht auch gar nicht seinen Plänen.

Randy will seine Opfer nur bestens kennen. Daher ist ein Besuch in deren Appartement ein sehr wichtiger Bestandteil seiner Vorbereitungsphase. Bisher hat er noch nicht den Versuch gestartet, in Pattys Wohnung einzudringen.

Täte er es jedoch, dann würde sein Leben auf sehr tragische und mit Sicherheit blutige Weise ein jähes Ende nehmen. Fuck auf den Orden! Alan hat sich über viele Jahre für ihn aufgeopfert, da ist es ja wohl nicht zu viel verlangt, wenn er sich endlich mal revanchiert, oder?

5. Can you hear me?

Auch Patty ist Alans ständige Anwesenheit nicht entgangen. Doch sie übersieht seinen Wagen mit der gleichen Beständigkeit, mit der sie ihn übersieht. Ihr Kinn hebt sich, wenn sie ihn erblickt, die Augen verengen sich und ihr Blick wird starr. Alan ist es egal. In Wahrheit ist es sogar angenehm, dass sie von seiner Anwesenheit weiß. Denn somit ist ihr auch klar, dass sie auf sie aufpassen. Fred hat sich nachts bei Sorrow eingeschlichen, hat seine gesamte Wohnung verwanzt, seinen Rechner, sein abgefucktes Auto, selbst sein Handy. Ja, wenn es drauf ankommt, dann sind sie verdammt schnell, verdammt effektiv und es gibt kein Entkommen. Wär nur besser, wenn das zukünftige Opfer einfach mitspielen würde, was es nur leider nicht tut. Etwas, worüber sich Fred übrigens immer mehr aufregt, während Shaila das Kleinkind permanent in Schutz nimmt. Alan ist nicht sicher, wann er den süßen Randy stellen wird, doch wirklich einschreiten wird er erst, wenn der Typ in Pattys Beisein eine unverzeihliche Tat begeht. Denn inzwischen gibt er sich keiner Illusion mehr hin: Bekommt er diesen Randy einmal in die Finger, wird er erst wieder aufhören, wenn der kleine Wichser Geschichte ist.

Es wäre vielleicht ratsam, dann wenigstens einen Grund vorweisen zu können, den auch Patty akzeptieren kann.

Am Montag wartet Alan, bis Patty von ihrem Einkaufsbummel wieder in ihr Appartement zurückgekehrt ist, bevor er nach Hause fährt, um zu duschen. Randy hat mit Patty einen Ausflug zum Beebe Lake geplant. Sie will sich um siebzehn Uhr auf dem Parkplatz des Campus mit ihm treffen, um in seinem Auto an den See zu fahren. Dort soll als Einstand für den Beginn der Weihnachtsferien die alljährliche Studentenfeier stattfinden. Diese Party wird seit über einhundert Jahren abgehalten und Patty hat daher arglos zugestimmt. Völlig zu Recht, diesmal kann Alan ihr nicht einmal Naivität vorwerfen. Nichts an seinen Argumenten hat verdächtig geklungen. Doch Alan ahnt, dass es der Auftakt zum Showdown sein soll, Shaila und Fred teilen seine Meinung. Für Patty ist das nichts weiter als ein netter Abend unter Studenten. Und so befindet sich alles in erhöhter Alarmbereitschaft, während Patty sich unbekümmert von dem Wichser zu dem See chauffieren lässt. Als Alan das Wohnzimmer betritt, weiß er sofort, wer da ist. Er riecht das Parfüm – vertraut und dennoch falsch. Doch ob richtig oder falsch ist zweitrangig, es macht ihn vorrangig nervös. Denn diese Verzögerung passt überhaupt nicht in seine Pläne. Als Alan in der Mitte des Raumes steht, rauscht sie ihm entgegen. Und ein Blick in ihr Gesicht offenbart ihm, dass sie offensichtlich innerhalb der vergangenen Wochen komplett den Fokus verloren hat, denn sie wirkt um mindestens fünf Jahre gealtert. Resigniert seufzt Alan. »Hallo Lara. Was für eine unerwartete Überraschung!«

6. Back to the roots

Sie starrt ihn verblüfft an, dann stürzte sie sich auf ihn.

»Alan!«

Der fängt sie an den Armen ab und hindert sie daran, ihren Körper an seinen zu pressen. »Was willst du hier?«, wiederholt er eisig.Schmollend schiebt sie die Unterlippe vor und blickt durch ihre dichten Wimpern zu ihm auf. »Freust du dich denn überhaupt nicht, mich zu sehen?«

Er weiß nicht genau, was es ist, doch irgendetwas an ihrem Verhalten stimmt ihn misstrauisch. Abgesehen davon, dass ihm ihr Besuch ohnehin äußerst ungelegen kommt, um es freundlich auszudrücken. Doch *das* ist nicht Laras übliches Benehmen, es passt nicht zu ihr. Lara war immer eher praktisch und versuchte selten, mit ihren weiblichen Vorteilen zu kokettieren. Er sieht zu Shaila und Fred, die hinter Lara getreten sind. Aufrichtiges Bedauern ist in deren Blicken zu finden. Sie werden genauso überfallen wie Alan. Fuck! Und offensichtlich sind sie über ihr gealtertes Aussehen ebenso erschüttert. *Diese* Veränderung stimmt Alan nicht nur misstrauisch, sondern sie schockiert ihn obendrein. Denn Lara lebt seit über einhundertfünfzig Jahren innerhalb des Ordens.

Nie hat sie sich einen Lapsus gestattet, sorgte stattdessen sogar umsichtig dafür, sich ihre wöchentliche Dosis zu genehmigen. Logisch, sie ist eine Frau, die mit knapp 26 ihr Altern einstellte. Gibt es etwas denkbar Schlimmeres, als wenn sie es plötzlich trotzdem zuließe?

»Was ist mit deinem Gesicht?«

Sie runzelt die Stirn, dann erst scheint sie zu realisieren, wovon Alan spricht. »Oh, *das?* Nur ein kleiner Ausrutscher, ich war ein wenig in Gedanken.«

»Ausrutscher«, echot Fred.

Alan blickt in ihre blauen Augen und ja ... Da ist mit einem Mal ein seltsames Funkeln, wie Irrlichter, das er nicht kennt. Langsam lässt er seine Arme sinken. »Weshalb genau bist du hier? Denn ehrlich gesagt ...«

»Oh, ich will dich besuchen. Du hast mir in den letzten Monaten sehr gefehlt.«

Wieder dieser Schmollmund, der nicht zu ihr passt. Seine Lippen verziehen sich zu einem spöttischen Grinsen. »Das tut mir wirklich leid. Aber ich habe keine Zeit. Am besten kündigst du deinen Besuch beim nächsten Mal an.«

Wieder versucht sie, Alan zu umarmen, was der rechtzeitig zu verhindern weiß. Das scheint ihr nicht sonderlich zu gefallen, denn urplötzlich verschwindet das Lächeln und um ihren Mund breitet sich eine höhnische Grimasse aus.

»Freust du dich denn überhaupt nicht, mich zu sehen? Du kannst mir nicht erzählen, dass ich dir nicht gefehlt hätte. Keine kann es mit mir aufnehmen, dem wirst du zustimmen müssen.«

Trocken lacht er auf. »Keine würde verrückt genug sein, das überhaupt zu versuchen. Tut mir ehrlich leid, aber mir hast du absolut nicht gefehlt. Habe ich mich bei unserem Abschied wirklich so missverständlich ausgedrückt?«

Fred stöhnt leise auf, doch Alan beachtet ihn nicht. Außerdem hat er keine Zeit und auch nicht die Lust, auf Laras Gefühle Rücksicht zu nehmen. Er muss zu Patty, verdammt! Was will sie hier? Er will sie nicht sehen, riechen übrigens auch nicht, denn sie erinnert ihn an eine Zeit seines Lebens, an die er nicht erinnert werden *will*. Sie gehört in sein altes Leben, in sein bitteres Leben. In sein Leben ohne Liebe.

»Wie gesagt: nette Idee, aber leider zum total falschen Zeitpunkt. Ich muss jetzt wirklich gehen. Aber ich bin sicher, dass Shaila und Fred gern noch ein wenig mit dir plaudern werden.«

»Lara!«, ruft Shaila wie auf Bestellung und leider ein bisschen irre klingend. »Setz dich zu uns. Wir haben uns ja schon seit Ewig...«

»Nein!« Das ist ein Zischen.

Mit gerunzelter Stirn blickt Alan in die seltsam umnachteten Augen und versucht irgendwie, hinter die Fassade zu schauen. Er hat sich nicht mehr um sie gekümmert, hat keinen Gedanken mehr an sie verschwendet. Doch offenbar ist ihm in seinem Stress etwas entgangen, denn sie wirkt nicht nur gealtert, wirr und leicht neben sich stehend. Da ist auch Hass! Definitiv. Aber nicht auf Alan.

»Ich bin die Beste für dich«, haucht sie und plötzlich ist Alan im Bilde. Sein Magen tut sich auf und ist mit einem Mal nur noch ein leeres Loch. Seine Hand tastet sich zu ihrem Hals vor und drückt zu, während sein Blick aus blankem Eis besteht.

»ALAN!« Als Fred und Shaila zu ihm eilen wollen, hebt er einen Finger. »Moment ...«, murmelt er und lässt Lara nicht aus den Augen, wobei seine andere Hand weiter zudrückt. »Was – hast – du – getan?«

Inzwischen ist selbst ihr Zischen kaum noch verständlich. »Was notwendig ist. Irgendwer muss ja dafür sorgen, dass dieses Flittchen ...«

Der Griff seiner Hand verstärkt sich nochmals. »Wo ...?«.

»Das wirst du niemals erfahren!«, zischt sie schrill.

Seine Augen verengen sich, sein Blick scheint mit ihrem zu verschmelzen. »Sie will uns ablenken«, murmelt er.

»Alan!« Das ist Shaila.

Doch sein Finger geht noch etwas höher. »Schhh... Nein ...«, haucht er dann. Er entlässt ihre Augen nicht aus seinem Bann, während er sich bemüht, ihre Fassade irgendwie zu durchbrechen, hinter die Wahrheit zu gelangen, die sie ihm vorenthält. »Shaila, hast du von anderen gehört?« Seine Stimme ist tonlos.

Sofort hält sie ihr Handy in der Hand, wendet sich ab und er hört sie hektisch murmeln. Keine zwei Minuten später dreht sie sich um und senkt den Arm. »Viel ist es nicht. Irgendwer sagt, er habe ein paar zuletzt in New York gesehen. Zwei Frauen, ein Mann. Wir kennen sie nicht.«

Alan sieht sich zu Fred um. »Schließ die Hintertür ab und hol das Zeug!« Noch immer spricht er völlig ausdruckslos. Sein Schwager verschwindet, ohne zu fragen.

»Shaila, wo ist der kleine Wichser gerade?«

Sie nimmt wieder ihr Handy. »Er befindet sich mit ihr noch auf dem Weg zum See. Vielleicht will er doch mit ihr am Fest teilnehmen.«

»Das weißt du besser«, knurrt Alan und sie seufzt, bevor er sich wieder Lara widmet, deren Hals er noch immer hält, und die so klug war, in der Zwischenzeit kein Wort zu verlieren. »Also, erzähle!«

Ihre Lippen verziehen sich zu einem schmalen Grinsen. »Vergiss es.«

Sein Gesicht ist inzwischen eisiger als Eis. Nur die Augen verraten, dass überhaupt so etwas wie Leben in ihm wohnt. »Ich hatte dir geraten, dich von ihr fernzuhalten, erinnerst du dich?« Er wispert nicht, er knurrt auch nicht oder grollt. Es ist eine Kombination aus allem und es ist endgültig. »Was wir wissen wollen, erfahren wir auch so, du hast mich lange genug geärgert.«

Sie sieht es kommen, er erkennt es an dem Ausdruck in ihren mit einem Mal so alten Augen, doch sie versucht nicht, zu fliehen. Da ist kein Widerstand, was ihn für einen kurzen Moment wundert, bevor er ihr mit einem knappen Ruck das Genick bricht und sie dann zu Boden gleiten lässt.

Er würdigt sie keines Blickes, Fred betritt wieder den Raum, jetzt mit allerlei Waffen beladen, die er auf das Sofa fallen lässt.

»Wir müssen uns zusätzlich tarnen, das sind keine Anfänger«, meldet sich Shaila, die währenddessen noch einige Telefonate geführt hat. »Sieht so aus, als hätte Lara die Seiten gewechselt.« Ohne Mitleid betrachtet sie die Leiche am Boden und schüttelt den Kopf. »Wer hätte das gedacht?«

Alan lacht auf und sieht sich um. »Wir haben keine Zeit, geht euch umziehen. Ihr habt nicht mehr als zehn Minuten.« Ohne eine Antwort abzuwarten, jagt er hinauf in sein Zimmer und zerrt den Schrank auf. Was er sucht, ist nicht in den normalen Fächern zu finden.

Stattdessen betätigt er einen kleinen, im Inneren verborgenen Knopf und bekommt dann Zugriff zu einem weiteren Fach, in dem sich ausschließlich dunkle Sachen befinden. Einschließlich Schutzwesten, festen Stiefeln, und breiten Gürteln, in denen man problemlos einige Messer versenken kann. Die Schutzweste lässt er nach kurzem Zögern außen vor. Adrenalin pumpt bereits in seinem Blut und macht ihn empfänglich für dieses alte Gefühl, übermenschlich zu sein; es lässt ihn jeden Gedanken an mögliche Verwundungen hinter sich lassen.

Routiniert zieht er sich an, wählt die schwarze Tuchhose und das passend Sweatshirt, sein Gesicht lässt noch immer keine Regungen erkennen, selbst seine Hände offenbaren nicht das kleinste Zittern. Er hat zu lange gewartet, hätte nicht Pattys verdammte Meinung berücksichtigen dürfen, sondern sofort zuschlagen müssen.

Sorrow steht ohnehin auf der Abschussliste, niemand hätte sich um seinen Tod geschert.

Stattdessen ist er wieder in diese Kinderei verfallen, die momentan offenbar sein Leben bestimmt. Und wenn sie deshalb zu Schaden kommt, dann ist das allein seine Schuld, mit der er bis ans Ende seines Lebens zurechtkommen müssen wird.

Fertig!

7. Hunting

Als er herunterkommt, stehen Shaila und Fred schon bereit und verteilen die Waffen untereinander. Sie heben nur flüchtig die Köpfe, viel zu konzentriert, um ein Wort zu viel zu verlieren. So mag Alan sie am liebsten, zumindest in einer solchen Situation. Er wählt zwei automatische Waffen, entscheidet sich darüber hinaus aber für den alten Revolver, den ihm einst sein Vater überreichte, und füllt die Patronen in seinem Gürtel nach. Etliche Magazine schiebt er in den vorgesehenen Seitentaschen seines Hemdes und ebenfalls im Gürtel, schnallt sich beide Halfter um und versenkt darin die automatischen Waffen. Den Revolver jedoch lässt er in das Halfter gleiten, das tief an seinen Hüften hängt. Dann ziehen alle wie auf Kommando die ebenfalls schwarzen Blousons über und mustern sich stumm. Keine Worte erfolgen, so viele Informationen, die ausgetauscht werden müssen, bleiben zunächst ungesagt. Da gibt es nur diese Blicke, mit denen sie sich ihrer Verbundenheit versichern und noch einmal klarstellen, dass sie bereit sind, füreinander zu sterben. Und neuerdings auch für Patty.

Wie auf Kommando wird der visuelle Austausch beendet.

Fred räuspert sich. »Was ist damit?« Er deutet auf die Leiche am Boden und Alan erübrigt einen kurzen, mitleidlosen Blick, bevor er sich seinem Schwager widmet. »Schaff sie in den Kofferraum, wir entsorgen sie auf dem Weg.«

Tausend Fragen erscheinen auf Freds Gesicht – keiner davon verleiht er eine Stimme. Stattdessen bückt er sich, wirft sich das, was früher mal die attraktive Lara war, über seine Schulter und verlässt wortlos das Wohnzimmer. Alan bleibt mit Shaila zurück. »Wir sollten vorher ...«

Weiter muss er nicht sprechen. Sie nickt und verschwindet aus dem Raum. Wenig später hört er einen leichten Piepton, der signalisiert, dass sie die Kellertür geöffnet hat. Kein Schlüsselrasseln, sie ist elektronisch gesichert. GUT gesichert. Fünf Minuten später taucht sie wieder auf. In den Händen trägt sie drei neutrale Röhrchen. Eines davon reicht sie Alan, eines Fred, der gerade wieder eingetreten ist und die dritte behält sie. Unbewusst bilden die drei einen Kreis. Jeder öffnet sein Röhrchen, es offenbart eine winzige Ampulle, in der sich eine unscheinbare, klare Flüssigkeit befindet, die man für Wasser halten könnte. Sie brechen den Glaspfropfen und mustern sich. Obwohl sie dies bereits so häufig getan haben, ist es noch immer eine heilige Handlung. Wieder sehen sie sich in die Augen, führen die Ampullen dann gleichzeitig an die Lippen und schlucken in der selben Sekunde. Die Lider fallen wie auf

Bestellung, und sie geben sich für einen kurzen Moment dem erhebenden Gefühl hin, das sofort durch ihre Adern rauscht. Dann sehen sie sich wieder an.

»Bereit?«

Alan hat es in den Raum gestellt und erhält zwei stumme Zusagen. Er dreht sich um und geht, während die beiden ihm wortlos folgen.

* * *

In ihrem schwarzen Van jagen sie wenig später auf die dunkle Landstraße hinaus. Alan fährt, Fred sitzt neben ihm, den Laptop auf dem Schoß, und Shaila hat das Handy am Ohr.

»Sie sind beim Beebe Lake angekommen.«

»Hast du Empfang?«

»Ja, aber momentan tut er überhaupt nichts, abgesehen davon, dass er sie abfüllt.«

Alan nickt knapp und sieht in den Rückspiegel. Shaila sieht nicht ganz so zufrieden aus. »Niemand kann wirklich etwas sagen. Man weiß, dass sie in der Nähe sind, aber mehr auch nicht. In Wahrheit haben sie ihnen nicht viel Bedeutung beigemessen. Es sind unsere Leute, Lara war bei ihnen.«

Alans Augen verengen sich und er starrt in die dunkle Nacht hinaus. Genau, Lara war bei ihnen. Niemand interessiert sich dafür, der Orden hat andere Probleme.

Nicht zuletzt die Lücke, die Alan Chamberlain durch seinen Rückzug hinterlassen hat. Außerdem geht man gemeinhin davon aus, dass die weiße Seite die Disziplin bewahrt. Es gibt keine Gedanken oder Gefühle, die in ihm toben. Alan überlegt auch nicht, was Sorrow oder die anderen mit Patty anstellen könnten. Stattdessen besteht er nur noch aus tödlichem Eis. Auch unter seinen Leuten gibt es einige ziemlich sadistische Wichser. Jene, denen es nicht in erster Linie um die Ehre geht, sondern die diese unglaubliche Macht ausnutzen, die sie den gewöhnlichen Menschen gegenüber innehaben. Aus deren Ursprung entstand die schwarze Seite des Ordens, aber seine Seite ist nicht vor ihr gefeit und wird es nie sein. So funktioniert nun einmal die menschliche Natur. Auch seine Seite wägt ab. Überwiegt der Nutzen, werden sie geduldet und man sieht großzügig über gewisse Makel hinweg. Es ist Politik, und die ist selten sauber. Lara wird sich Leute ausgesucht haben, die ohnehin noch nicht sehr gefestigt sind, bei ihnen ist es relativ leicht. Sie hat einen gewissen Führungsposten inne, schon aufgrund ihres Alters gilt sie als eine der Altvorderen. Möglicherweise wird sie Patty als potenziellen Whistleblower verkauft haben. Das ist mit Abstand die größte Angst, die unter seinesgleichen umhergeht und ein Todesurteil, gegen dessen Vollstreckung noch niemand angekommen ist. Bei den drei Ordensmitgliedern gibt es kein

Zeitfenster von drei, vier, vielleicht sogar fünf Tagen, je nachdem, wie lange Randy seinen Wahnsinn kontrollieren kann. Hier geht es um *Minuten.* Kommt er zu spät, dann gibt es keinen Arzt, kein Krankenhaus, keine Notoperation, die ihr noch helfen kann. Kommt er zu spät, dann ist Patty tot.

Es ist bereits dunkel, und trotz der weihnachtlichen Beleuchtung wirkt das abendliche Ithaka seltsam leer – beinahe unbewohnt. Die wenigen Menschen, an denen Alan vorbeifährt, scheinen den dunklen Van, überhaupt nicht wahrzunehmen. Niemand blickt ihnen nach, niemand bemerkt sie augenscheinlich. Es ist, als wären sie unmerklich aus der offiziellen Welt in die eigene übergewechselt, und nicht mehr Teil der Realität, der sie sonst angehören, und die sie zu bewahren und zu verbessern versuchen. Als hätte sie ein Katapult in die Schatten zurückbefördert, in denen sie in Wahrheit beheimatet sind. Er fühlt sich wohl und registriert auch bei Fred und Shaila ein gewisses Aufatmen. Hier können sie sich entfalten und endlich wieder einmal demonstrieren, was sie so anders macht. Endlich können sie wieder sie selbst sein.

* * *

Zehn Minuten kostet es ihn, Ithaka zu durchqueren.

Als sie die Stadtgrenze in Richtung Campus hinter sich gelassen haben, bildet Alan sich ein, sie bereits zu wittern.

Der Beebe Lake liegt tief eingebettet im Forest Home, keine fünf Minuten vom College entfernt. Sommer wie Winter verkörpert er ein beliebtes Ausflugsziel für die Studenten. Die Scheune, die Sorrow bereits vorher präpariert hat – immer unter Freds wachendem Auge –, um sein Meisterstück zu vollenden, liegt in South Hill, nur zehn Minuten vom Lake entfernt. Wann wird er sie wohl hinbringen?

»Hast du schon irgendwas?«, erkundigt er sich bei Fred, der den Laptop nicht aus den Augen lässt. Alan hat das Tempo verlangsamt und wartet auf das Kommando.

»Noch steht der Wagen und er füllt sie ab. Quatscht mit ihr, du weißt schon. Ich kann nicht sagen, was er ihr erzählt, so gut funktioniert das nicht«, lautet die Nachricht und Alan hält an. Den Blick starr geradeaus gerichtet, die Hände am Lenkrad, der Ausdruck eisig.

Ruhig!, befiehlt er sich dabei. *Sie ist klug. Sie wehrt sich nicht. Er ist nicht die unmittelbare Gefahr.*

Das ist er tatsächlich nicht, und so vergehen die Minuten, in denen Fred und Shaila ihrem Job nachgehen, während Alan nichts tut, als sich mit aller Macht gegen seine verdammt blühende Fantasie zu wehren.

»Es ist so weit«, ertönt Fred irgendwann. »Sie sind eingestiegen.«

8. Revenge

»Shaila?«, erkundigt Alan sich ruhig.

Die klingt leicht verzweifelt. »Ich weiß es nicht! Also bisher ist nichts von einem Schusswechsel zu hören.«

»Das weiß ich auch«, knurrt Alan, doch er geht nicht weiter darauf ein. Im Allgemeinen schlagen seine Leute nicht zu, wenn Zeugen dabei sind. Aufsehen gilt es immer zu vermeiden. Lara wird Patty schon länger beobachtet haben, sonst hätte sie nicht gewusst, um wen es sich handelt. Also werden sie sich *jetzt* zum Losschlagen bereitmachen.

Er sieht zu Fred, der im gleichen Moment aufblickt. »Ja«, sagt er nur und Alan schnallt sich ab. Im nächsten Moment haben alle drei den Wagen verlassen. Sie brauchen nur drei Minuten, um zu der Scheune zu gelangen. Doch sie betreten das Haus nicht, sondern stehen in einer Reihe direkt davor. Fred hat sein Tablet in der Hand und beobachtet das Vorankommen des Fahrzeuges. Es gibt nichts mehr zu sagen, zumal die Gefahr des Entdecktwerdens ohnehin zu groß wäre. Und so stehen sie da, im Abstand von einem Meter, drei schwarze Gestalten, ohne nennenswerten Gesichtsausdruck. Nichts erinnert an die Menschen, die sie im Alltag verkörpern.

Längst ist Shaila keine süße, leicht verspielte Frau mehr, die an einer gefährlichen Kaufsucht leidet, und glaubt, die Weisheit mit Kellen inhaliert zu haben. Ihre dunklen Augen blitzen in der Dunkelheit, ansonsten ist ihr nichts anzumerken, keine Aufregung, schon gar keine Angst. Die Arme hängen lässig an ihren Seiten hinab. In der schwarzen Kampfmontur wirkt sie zierlicher, aber noch etwas biegsamer und bedeutend trainierter, als dies sonst der Fall ist. Shaila ist wie ein lautloser, äußerst tödlicher Schatten. Bereit, zuzuschlagen, wenn sich die Gelegenheit bietet.

Fred ist kein ruhiger, gutmütiger Individualist mehr, der sich gern in seine eigene kleine Welt zurückzieht. Mit leicht in den Nacken gelegtem Kopf steht er da, das Tablet hat er weggesteckt, seine Augen wirken, als hätte er sie geschlossen, dabei hat er sie nur auf ein Minimum reduziert. Er blickt durch die Wimpern hindurch, die Nasenflügel beben leicht, als wolle er tatsächlich die Witterung annehmen. Auch seine Arme hängen an den Seiten hinab, doch die schwarz behandschuhten Finger reiben ständig aneinander, zucken in die Richtung der Messer, die er an den Seiten seines Gürtels untergebracht hat. Fred ist ein Panther, gewandt und tödlich.

Auch Alan ist keine Regung anzumerken, während sein Blut sprichwörtlich kocht. Nur in solchen Situationen und beim Sex lässt er erkennen, wie heißblütig er in Wahrheit ist.

Lange Zeit war beides gleichbedeutend, denn es brachte ungefähr die gleiche Entspannung. Bis zu dem Tag, an dem Alan begreifen musste, dass ihm das Töten, dieses Jagen, dieses MORDEN mehr bringt als der Sex. Seit diesem Moment – das liegt über zehn Jahre zurück – hatte er seinen alten Revolver nicht mehr angefasst. Er wollte nicht verrohen, wie so viele von ihnen, sein Vater zum Beispiel. Wenn man zu lange in den Schatten lebt, dann passiert so etwas häufig. Und daher beschloss Alan damals, nicht mehr bei der kämpfenden Truppe, sondern bei der verhandelnden tätig zu werden. Das Alter hatte er erreicht und den Erfahrungsschatz auch. Ähnlich ist es bei Fred und Shaila gelaufen. Doch als Alan vorhin das Leben dieser Schlampe beendete, da war es wieder da. Dieser Adrenalinstoß, dieser *Zuckerschock* für die Nerven, dieser Thrill, der mit nichts anderem vergleichbar ist. Gepaart mit dem Zorn und der Angst um sie ergibt es eine höchst explosive Mischung, die dafür sorgt, dass sein Herz seine Tätigkeit auf die Hälfte der Schläge reduziert hat. Sein Atem erfolgt nur noch im äußersten Notfall und dann absolut lautlos. Seine Sinne sind bis aufs Äußerste geschärft. Er lauscht auf jedes noch so geringe Geräusch, seine Augen sind genau wie Freds nur für einen Bruchteil geöffnet, aber seine Sehschärfe stark wie nie zuvor. Seine Finger, allerdings, befinden sich nicht an seinen Seiten. Stattdessen hat er sie ineinander verschränkt.

Breitbeinig steht er da und hat sich seinem Schicksal ergeben. Ein unvergleichlich fatalistisches Gefühl, wenn ein Mann wie er etwas Derartiges tut. Nach ihm die Sintflut – es ist nicht nur eine Phrase, sondern die Realität. Heute wird Alan noch mehrfach morden. Ist er siegreich, wird er sein Mädchen retten und hat eine Chance. Ist er es nicht, wird dies das Ende seines bisherigen Lebens sein. Wie auch immer dieses verhasste Schicksal entscheiden wird: Er ist bereit, es zu akzeptieren. Vorbehaltlos.

Doch nun will er töten!

In den letzten Tagen ist der erste Schnee gefallen, dessen Reste sich vereinzelt an einigen Baumstämmen angehäuft haben. Tief nimmt er diesen besonderen Duft der Natur in sich auf und steigert damit seine Konzentration noch einmal. Als unweit von ihnen eine Autotür zuschlägt, zuckt keiner der drei zusammen. Sie verharren auf der Stelle und warten, weil sie wissen, dass ihr Opfer zu ihnen kommen wird.

Nur ihre Sinne sind noch etwas weiter geschärft, jedes winzigste Rascheln im dichten Laub wird nun wahrgenommen, er hört die sanften Bewegungen des Wassers im nahen See, die Zweige, die sich wispernd im mäßigen Wind bewegen, die Flügelschläge der Eulen, die sich für die nächtliche Jagd bereit machen. Er vernimmt etwas weiter entlegen die Stimmen unzähliger junger Menschen, die ahnungslos ihre Party feiern, macht in der Ferne die Geräusche der Autos aus, die sich in der abendlichen Stille über die Freeways bewegen. Alan bildet sich ein, sogar die beiden Herzen zu hören, die sich ihnen nähern. Und er gibt sich der Illusion hin, eines davon, das, worauf es ankommt, zu wittern, zu wissen, dass sie naht. Er meint, es rufen zu hören, flehend und lockend mit jedem Schlag, den es vollführt. Unmerklich reckt sich sein Kopf ein wenig vor, seine Augen sind nun weit geöffnet. Mit starrem, totem Blick und bebenden Nüstern fixiert er die dunkle Baumwand, durch die das Knistern auf ihn zukommt. Als er selbst das Atmen komplett eingestellt hat, teilen sich die Bäume vor ihren Augen und offenbaren den Wichser, der demnächst tot sein wird. Noch immer bewegt sich keiner von ihnen, Sorrow ist viel zu beschäftigt mit seiner leblosen Last, die er über die Schulter geworfen hat. Flüchtig kommt Alan die Frage in den Sinn, weshalb sie leblos ist, da regt sich sogar die Sorge, dass sie tot sein könnte. Aber all das, was seine Konzentration mindern könnte, findet nur in einem sehr entfernten Winkel seines Gehirns statt, den er sofort wieder aussperrt. Nichts ist verheerender, als sich von Gefühlen lenken zu lassen, wenn kühle Logik erforderlich – ja, überlebenswichtig – ist. Er konzentriert sich wieder auf seine ahnungslose Beute, die sich mit jedem Schritt dem Verderben nähert.

Mit grausamer Präzision nimmt er alle Details in sich auf. Jenseits jeder Emotion, jenseits jedes Schreckens. In ihm herrscht nur die wilde, alles verzehrende Mordlust.

* * *

Erst zwei Meter von dem Scheuneneingang entfernt sieht Sorrow auf und entdeckt die drei reglosen Gestalten, die ihn bereits erwarten. Er erstarrt sichtlich, wankt einen Schritt zurück und lässt sein Opfer achtlos zu Boden fallen. In jenem entfernten Winkel seines Gehirns, der ausschließlich Patty vorbehalten ist, registriert Alan, dass ihr Kopf auf einem Stein aufschlägt, und vernimmt sogar einen leichten Knall.

Dann fixiert er all seine Sinne wieder auf Sorrow, der seinen Augen nicht trauen will. Nun findet dieser auch seine Stimme wieder. »Was ist das hier für eine Vorstellung?«, erkundigt er sich bemerkenswert relaxt, wenn man die bizarre Situation berücksichtigt. Alan antwortet nicht, sein Kopf hebt sich plötzlich lauschend, und auch Shaila und Fred erstarren rechts und links von ihm kaum merklich. Wieder knackt es im Unterholz, wenn auch bedeutend verhaltener. Diesmal nähert sich jemand, der weiß, was er tut.

Nur wenige Sekunden später erscheinen sie auch auf der seltsamen Szenerie. Zwei Frauen und ein Mann. Alle drei ähnlich gekleidet wie Alan und seine Begleiter. Sie stoppen nicht. Alan sieht noch, wie der eine in die Hocke geht und dabei seine Kanone zieht, während die beiden Frauen das im Gehen tun. Dann bricht das Chaos über ihn herein. Er wirft sich zu Boden, genau wie Shaila und Fred es tun. Noch in der Bewegung zieht er die Waffe, verschanzt sich hinter einem Holzstapel und feuert sofort, wissend, dass die anderen ebenfalls nicht warten werden. Auch Shaila schießt längst. Sie kauert hinter einer großen Tränke, die früher wohl dem Vieh im Sommer Wasser spendete. Nur Fred hat keine Waffe gezogen. Er kniet neben Shaila, mehr oder weniger ungeschützt und visiert die drei Neuankömmlinge an. Alan verdreht die Augen, weil sein Schwager wieder seine Show abziehen muss. Doch er gönnt es ihm. Rasch sieht er zu Sorrow, der inmitten des Chaos hockt und die Welt nicht mehr versteht.

»Bleib, wo du bist, Wichser!«, knurrt Alan. »Du bist später dran.«

Er gibt zwei Schüsse ab, sieht aus dem Augenwinkel, dass eine der Frauen versucht, sich von der Seite anzupirschen und feuert in diese Richtung. Sie springt wie ein Reh in die Deckung. Dann blickt er rasch zu Patty, die besinnungslos zwei Meter vor der Scheunentür liegt. Noch ist sie von den Dreien nicht entdeckt worden. Sie spielt eine untergeordnete Rolle, genau wie Sorrow.

Zunächst muss die Bedrohung aus dem Weg geschafft werden. Doch die Gefahr, dass sie von einem Querschläger getroffen wird, ist Alan zu groß. Bevor er allerdings loshechten kann, sieht er Fred, der das Problem bereits erkannt hat. In der ihm eigenen Genügsamkeit schlendert er fast zu dem leblosen Körper. Der Mann, der sich bisher auf Shaila konzentriert hat, feuert nun auf ihn, doch Fred duckt sich blitzschnell und zieht ein Messer. Allerdings wirft er es nicht zu dem Angreifer, sondern zur Seite. Alan sieht aus dem Augenwinkel, wie eine der Frauen tödlich getroffen zusammensackt. Ein Messer steckt in ihrer Brust und aus dem Mund sickert ein Blutrinnsal. Sie hatte sich gerade an Shaila herangeschlichen, in der Absicht, sie von hinten anzufallen.

Der Typ sieht hektisch zu Fred, ein Knurren dringt an Alans Ohr, und er erkennt, wie er sich auf Fred stürzen will, der gerade die besinnungslose Patty erreicht hat. Mit drei Schritten ist er bei ihm und wirbelt ihn am Arm herum. Noch in der Bewegung verpasst er ihm einen Faustschlag direkt ins Gesicht, der zweite folgte in den Magen, der dritte in die Leber und als Viertes tritt er ihm mit voller Wucht in den Oberschenkel. »Wichser!«, knurrt Alan, zerrt ihn am Kragen hoch und starrt in das nun blutige Gesicht. Doch dann sieht er etwas, was seinen Fokus kurzfristig umlenkt. Sorrow ist doch nicht so ahnungslos und vor allem erstarrt wie gedacht. Er hat sich aufgerappelt und weicht langsam, aber stetig zurück.

Mit einem Satz ist Alan bei ihm und schleudert ihn herum. Als er in das Gesicht sieht, empfängt ihn ein irres Grinsen. »Was ist los, Baby«, wispert er. »Bist du bei ihr nicht zum Stich gekommen? Aber ich habe sie gefickt, und ich werde sie noch mehr ficken, warte es ab.«

»Irrtum!«, knurrt Alan. Er klingt so heiser, dass es mehr einem Grollen ähnelt als allem anderen. »Bleib noch ein bisschen zur Party, dann können wir uns darüber unterhalten, wer hier wen fickt.«

Seinen Revolver wirft er beiseite, seine Messer auch, das Ganze geht so schnell, dass niemand dem folgen könnte, und dann baut er sich vor dem kleinen Wichser auf. »Komm her, Baby«, wispert er. »Lass uns spielen.«

Er sieht die Augen funkeln, erkennt ein lahmes Echo von dem Thrill, den er selbst gerade spürt, dann breitet sich dieses widerliche Grinsen wieder auf dem Gesicht aus. Trotz der Dunkelheit ist es klar erkennbar, und bei Alan hört die Welt für einen langen Moment auf, sich zu drehen. Alles tritt in den Hintergrund, die Kampfgeräusche, denn die beiden anderen Idioten sind noch nicht unschädlich gemacht. Die Tatsache, dass Patty bewusstlos am Boden liegt, mit einer Kopfwunde – es ist uninteressant.

Dass sie sich unweit einer Großstadt befinden, vom See mit seinen feiernden Jugendlichen ganz zu schweigen und wild herumballern – es ist nicht mehr von Belang. Das Pochen seines Herzens dröhnt ihm in den Ohren, neben dem Rauschen, das auch noch darin tobt. Er hat den Eindruck, seine Sicht besäße eine leichte Rotfärbung, obwohl es stockfinstere Nacht ist und somit keine Farben erkennbar sind. Seine Faust ballt sich wie von selbst, doch er versenkt sie nicht einfach in dem grinsenden Gesicht mit den irren leuchtenden Augen. Mitten im Flug hält er inne, in der Luft die bebende Faust, und dann landet er den ersten Schlag auf die Schulter. Ob Sorrow versucht, sich zu wehren weiß Alan nicht, es ist ihm auch egal, er hätte dessen Schläge ohnehin nicht gespürt. Erst schlägt er auf jede verfügbare Stelle, und sobald sein ihm nicht ebenbürtiger Gegner zu Boden geht, setzt er die Füße ein. Er tritt in den Leib, auf den Kopf, in die Brust, hört Sorrow röcheln, und es interessiert ihn einen Fuck.

Unaufhörlich trampelt er mit den schweren Boots auf den Menschen ein, der Alans bescheidener Ansicht nach, dieses Prädikat nicht verdient. Seine Lippen sind zu einem festen Strich zusammengepresst, die Augen weit aufgerissen, seine Nasenflügel flattern und die Brust hebt und senkt sich schnell, denn Alan zeigt vollen Körpereinsatz. Nach einer Weile kniet er sich über den Leblosen, setzt sich beinahe auf dessen Brust und schlägt wild und hemmungslos auf dessen Gesicht ein. Nicht nur einmal knirscht es unter seinen Fäusten, bald gibt es keinen einzigen Teil, der nicht blutig ist, die Augen sind eine schwarz und rot umrandete Kraterlandschaft, die Nase mehrfach gebrochen, der Kiefer und selbst der Schädel ebenfalls. Langsam entweicht das Leben dem Körper eines Mannes, der bereits so viele Leben in seinen jungen Jahren genommen hat, doch Alan weiß es nicht, es interessiert ihn nicht, er will nur Entladung.

»Alan!«

Sein Knurren, von dem er bislang auch noch nichts wusste, verstärkt sich. Wild schüttelt er den Kopf und schlägt weiter auf den reglosen Körper ein, der sich unter seinen Hieben wie von Geisterhand hin und herbewegt. In Alans großen Augen lodern Hass und Mordlust und ein kleines bisschen Wahnsinn.

»Alan, HÖR AUF!«

»Fuck!«, erwidert er, wirft den kleinen Wichser zur Seite, bringt ihn so in bessere Position, missachtet die Stimme der Vernunft ein weiteres Mal und schlägt auf ihn ein. Dabei sieht er flüchtig auf und erstarrt in der Bewegung. Eiseskälte legt sich über ihn und macht es ihm unmöglich, sich zu regen. Ihm entgeht, dass Fred ihm die Bestie aus den Klauen windet, ihm mit geübtem Griff das Genick bricht. Sein Blick liegt auf entsetzten, zu Tode erschrockenen blauen Augen.

Nun ... entsetzt und zu Tode erschrocken waren sie möglicherweise bereits zuvor. Doch diesmal gilt dieser Blick ihm. Diesmal ist *er* die Bestie.

9. Face down

Geschlagen geht er in die Knie.

Vorbei.

In seiner Mordlust, seiner Gier nach Vergeltung hat er sich vergessen und sich damit alles genommen, was ihm jemals etwas bedeutet. Nie wieder wird er sich ihr nähern dürfen. Trocken lacht er auf. Und das, wo ihr Schicksal gerade mit einem Schlag besiegelt wurde. Im Gegensatz zu Fred, der auch die andere Frau mit einem seiner Messer beseitigen konnte, ist es Shaila nicht gelungen, den einzigen männlichen Angreifer zu töten. Sie war zu sehr damit beschäftigt, Alan vor dem größten Fehler seines Lebens zu bewahren und verließ sich auf Fred, der allerdings mit dieser kleinen Schlampe zugange war. So gelang dem einen Idioten die Flucht. Fuck! Er wird sich in ärztliche Behandlung begeben, möglicherweise ein paar Wochen ausfallen, dann wiederkommen und die Vergeltung einfordern. Alan weiß es einfach. Patty wird keine Sekunde länger ihr altes Leben führen können. Diese Tür hat sich gerade für immer verschlossen.

Noch immer ist sein Blick auf den Waldboden gerichtet, während er sich davon zu überzeugen versucht, aufzusehen.

Doch er weiß nicht, was er zu ihr sagen soll. Wie soll er ihr jemals wieder in die Augen sehen? Wie soll er ihr *das* erklären? Nun, ein längeres Schweigen fällt allerdings auch aus, denn egal, welchen Ängsten sie ab sofort ausgesetzt sein wird, wenn ihr Blick zufällig auf Alan fällt, es *gibt* keinen anderen Weg. Ihre Schicksale sind spätestens jetzt untrennbar miteinander verbunden.

Die Wunde an ihrem Kopf ist inzwischen verkrustet, doch noch immer sickert ein schmales Rinnsal frischen Blutes hervor. Möglicherweise hat auch der Schrecken, der Anblick des Wahnsinns, am Ende seinen Tribut gefordert. Auf jeden Fall wird Alan etwas Aufschub gewährt, denn als er es doch endlich wagt, sie anzusehen, erkennt er, dass Patty wieder ohnmächtig geworden ist.

10. Lost

Während Fred und Shaila die Leichen in die Scheune bringen, erhebt Alan sich und geht langsam zu Patty hinüber. Wieder fehlt in ihm jede Emotion, weder Angst noch Schmerz sind momentan anwesend. Sie schläft, also sind Konsequenzen, die später mit Sicherheit über ihn hereinbrechen werden, derzeit nicht zu befürchten. Jetzt gilt es, ihren Zustand festzustellen. Nichts weiter. Er meidet den direkten Blick in ihr Gesicht, sondern untersucht zunächst die Kopfwunde. Sie hat Glück, sie ist nicht besonders tief, die Schädeldecke noch intakt. In Wahrheit hatte Patty sogar *verdammtes* Glück, denn er sieht die Schwellung auf ihrer linken Wange. Sie rührt von dem Faustschlag her, mit dem der Mörder sie bewusstlos geschlagen haben muss. Das wird blau werden, doch kein Knochen darunter ist in Mitleidenschaft gezogen, soweit er das hier im Wald und nur mittels Abtasten beurteilen kann.

Dann befühlt er ihren Hals, begutachtet ihre Handgelenke und jede andere Stelle ihres Körpers, die unbekleidet ist. Nichts. Er tastete nach ihrem Herzschlag, der langsam und regelmäßig geht, die Atmung ist flach, aber ruhig. Ihr scheint es den Umständen entsprechend gut zu gehen.

Shaila ist neben ihn getreten und beobachtet ihn für eine Weile bei seinem eher sinnlosen Treiben. Sie wirkt hochgradig frustriert.

»Er ist entkommen!«, stößt sie schließlich hervor.

»Mach dir keine Vorwürfe. Was geschehen ist, ist geschehen.«

»Hätte ich gewusst, was er plant, wäre das nie geschehen. Aber wegen Patty ...«

Alan schüttelt den Kopf. »Es ist vorbei, er ist kein Anfänger und was nun passiert, können wir ohnehin nicht mehr verhindern.«

»Meinst du, er kommt zurück?«

Leise schnaubt er auf. »Oh ja, darauf kannst du Gift nehmen!«

Als sie nichts erwidert, sieht Alan auf. »Holst du die Schlampe aus dem Wagen?«

»Sicher«, entgegnet sie, ohne mit der Wimper zu zucken. Als seine Schwester verschwunden ist, senkt Alan den Blick und erkennt das leichte Beben seiner Finger. Es beruhigt ihn irgendwie, denn zwischenzeitlich war er nicht mehr der Ansicht, dass ihm das Prädikat Mensch zustünde. Behutsam hebt er Pattys schlanken Körper in seine Arme und schließt die Augen. Erleichterung flutet ihn gleichsam mit dem Selbsthass, weil er es überhaupt so weit kommen ließ. Seit wann begibt er sich eigentlich in derartige Himmelfahrtskommandos? Steht ihm gar nicht!

Ungeduldig sieht er zu der dunklen Wand aus Bäumen, denn sie müssen sich beeilen. Der Schusswechsel wird garantiert nicht unbemerkt geblieben sein, und wenn die Cops hier eintreffen, will er bereits weit weg sein. Er hat keine Lust auf irgendwelche Komplikationen. Nicht momentan. Patty regt sich nicht, doch ihr Atem geht noch immer gleichmäßig, weshalb es ihr vermutlich gut geht. Nun ja ... körperlich, zumindest.

Shaila, die Fred zu Hilfe gerufen hat, kehrt mit ihm keine zehn Minuten später zurück. Jetzt mit dem blauen Müllsack beladen, dem Rest von dem, was einmal Lara gewesen ist und einem Benzinkanister. Sie werfen den Sack zu den anderen Leichen in die Scheune, Fred verteilt sorgfältig das Benzin und setzt das Gebäude in Brand. Noch warten sie, auch wenn es schwerfällt, achten sorgsam darauf, dass das Feuer nicht auf den angrenzenden Wald übergreift. Obwohl der feste Lehmboden, der die alte Scheune weiträumig umgibt, sicher genug scheint. Als jedoch die ersten Sirenen ertönen, erheben sie sich und laufen schweigend zurück zu seinem Wagen. Am Van angekommen nimmt Alan mit der ohnmächtigen Patty im Arm auf dem Rücksitz Platz, während Fred sich hinter das Steuer setzt und augenblicklich losfährt.

Als sie keine Viertelstunde später ihr Haus betreten, geht Shaila kommentarlos nach oben und richtet eines der noch freien Zimmer her. Sie braucht nur wenige Minuten, bevor sie wieder unten erscheint. Alan legt Patty in das Bett, zieht ihr Jacke, Schuhe und den dicken Pullover aus und säubert mit dem Alkohol, den Shaila ihm reicht, die Kopfwunde.

Sie regt sich nicht.

»Was glaubst du, wie lange wird sie ohnmächtig bleiben?« Shaila klingt so besorgt, wie er sich fühlt.

»Ich weiß es nicht«, erwidert er leise, auch wenn er das Knurren nicht ganz aus der Stimme halten kann. »Die Wunde ist nicht tief und sie hat auch nicht zu viel Blut verloren. Es wird der Schock sein. Wir können nur warten.«

»Was wirst du ihr sagen?«

Das lässt ihn trocken auflachen. »Ehrlich? Ich habe keine Ahnung, in Wahrheit weiß ich nicht einmal, ob sie überhaupt mit mir reden wird.«

»Das wird sie.«

Alan hebt eine Augenbraue. »Nach dieser Vorstellung? Wie kommst du auf ...« Doch er verstummt und verdreht die Augen. Es ergibt keinen Sinn, mit Shaila zu streiten. Sie ist immer so unerträglich selbstsicher, selbst wenn es jeder Logik entbehrt. Er zieht einen Stuhl an ihr Bett, nimmt ihre Hand zwischen seine beiden und wartet auf ihr Erwachen.

11. Behind blue eyes

Kaum merklich geht ihre Ohnmacht in einen tiefen Schlaf über, und als sie endlich erwacht, ist der Morgen bereits herangebrochen. Er hat sich kein einziges Mal gerührt. Leise seufzt sie und versucht, ihre Finger zu bewegen, die sich nach wie vor zwischen seinen beiden Händen befinden. Alan hält die Luft an. Sie runzelt die Stirn, die Augen bewegen sich unter den blassen Lidern. Dann erst scheint sie seine Haut zu spüren und ein winziges Lächeln zuckt um ihre Mundwinkel. Und erst *jetzt* kommen ihr offenbar ernsthafte Zweifel und das Stirnrunzeln kehrt zurück. Sie sieht ihn nicht an. »Jason, wo genau bin ich?«

Das klingt auf jeden Fall nicht hysterisch. Argwöhnisch, vielleicht, aber definitiv nicht hysterisch.

»In meinem Haus.« Solange die Wahrheit nicht zu grausam ist, kann er dabei bleiben. Sie kneift die Augen noch fester zusammen.

»Jason, *warum* genau befinde ich mich in deinem Haus?«

Schon wirbeln wieder die Gedanken in seinem Kopf umher, denn er hat mit dieser Möglichkeit gerechnet. Falsch.

Er hat darauf *gehofft,* und jetzt weiß er nicht, wie er damit umgehen soll. Diese Alternative erschien ihm zu fantastisch, um sie während der Zeit des Wartens zu ausgiebig zu verfolgen. Sie kann sich an nichts erinnern. Wenigstens im Moment nicht und er ist der Letzte, der an diesen Zustand etwas ändern will. Doch was soll er sagen? Wird nicht unweigerlich die Erinnerung zurückkehren, sobald er Randy, den Wichser, erwähnt? Notgedrungen beschließt Alan, sich langsam vorzutasten. »Was ist das Letzte, woran du dich erinnern kannst?«

»Ich war mit Randy auf dem Weg zum Beebe Lake ...« Im nächsten Moment fliegen die Augen auf und eine Sekunde später hat sie sich in seine Arme geflüchtet. »Oh, es tut mir leid! Du hattest recht! Ich dachte, du wolltest nur, dass ich ...« Sie verstummt und obwohl Alan ihr Gesicht nicht sehen kann, fühlte er an der plötzlichen Hitze, dass sie errötet ist. Er erwidert ihre Umarmung und schickt dabei ein Dankesgebet gen Himmel. Dann küsst er ihre Wange. »So falsch lagst du auch wieder nicht, ich wollte es wirklich nicht, denn bei Randy liegen die Dinge etwas anders ...«

Sie nimmt den Kopf zurück und betrachtet ihn aufmerksam und sofort ist er wieder von diesen grellblauen Augen gefangen. »Woher wusstest du, dass er irre ist?«

Auf diese Frage ist Alan vorbereitet. »Mein Vater kennt

seinen, er war auf einigen Wohltätigkeitsbällen eingeladen und sie spielen manchmal gemeinsam Tennis. Er wusste, dass mit Randy etwas nicht stimmt.« Patty kennt seinen Vater nicht, daher dürfte das genügen. Und Alan behält recht, widerspruchslos akzeptiert sie seine Erklärung. Doch dann kehrt das Stirnrunzeln zurück. »Was ist überhaupt passiert? Er wurde plötzlich so eigenartig, wollte unbedingt einen beschissenen Ausflug mit mir unternehmen und dann ...« Sie erschaudert in seinen Armen. »Oh, er zerrte mich in diesen widerlichen Wald und dann wurde alles dunkel und ...«

»Er hat dich offenbar bewusstlos geschlagen.« Leicht berührt Alan ihre geschwollene Wange. Sie zuckt zusammen.

»Oh!«

»Er brachte dich zu einer Scheune, wo er ...«

»Wo er was?«

»Der Typ war ein ziemlich gefährlicher Mann, ein Mörder. Du solltest offenbar sein nächstes Opfer sein.«

»*War?*«, echot sie leise.

»Er war zu unvorsichtig, hatte sich nicht unter Kontrolle, und hantierte in seinem Wahnsinn wohl mit offenem Feuer. Die uralte trockene Scheune ging sofort in Flammen auf. Wir waren auf dem Weg zu der Party, als wir es sahen. Du hattest dir nur den Kopf angeschlagen und lagst noch vor dem Scheunentor. Doch er war im Gebäude und ...«

»Er ist *tot?*« Entgeistert starrt Alan sie an. Sie *heult?* Sie heult um einen widerlichen, irren Wichser, der sie killen wollte? Langsam, das war sein Markenzeichen, wenn er die Sachlage auch nur annähernd korrekt einschätzt.

»Der Typ wollte *dich killen!*«, knurrt er.

Sie schüttelt den Kopf. »Ich kann das nicht glauben, denn er war echt nett. Okay, er wollte ein bisschen mehr, ich nicht, aber er kann *unmöglich* so einer gewesen sein!«

»Der kleine Arsch hat dich mit seiner Faust bewusstlos geschlagen, schon vergessen?« Langsam wird Alan wütend.

Noch immer schüttelt sie den Kopf. »Daran kann ich mich nicht erinnern. Vielleicht war es ja ein Un...«

»Nein, verdammt, es war kein *Unfall!*« Alan hat sie losgelassen und ist aufgesprungen. Wütend starrt er auf sie hinab und ignoriert ihre erschrockenen großen Augen. »Er wollte dich bestialisch killen! Bist du so bescheuert oder tust du nur so?«

Sie ist zurückgewichen und betrachtet ihn entnervt – ja, ENTNERVT! »Das kannst du überhaupt nicht wissen! Gut, er mag in bestimmten Dingen vielleicht kein sehr freundlicher Mensch gewesen sein, das kann ich nicht beurteilen. Und dass er mich nicht durch den Wald geschleift hat, um mit mir eine Partie Schach zu spielen, unterschreibe ich auch. Aber ich *kann* nicht glauben, dass er so ein ... ein *Typ* war!«

Alan kann sein Knurren nicht aufhalten, zu tief sitzt der Schock darüber, sie beinahe verloren zu haben, und der Ärger, weil sie den kleinen Wichser allen Ernstes noch in Schutz nimmt.

»Also, wenn er dich vergewaltigt hätte, wie du ja offensichtlich vermutest, wäre das nicht so schlimm gewesen? Du bist echt irre, oder? Ich flehe dich an, glaube mir nur dieses eine Mal: Du hast dich in tödliche Gefahr gebracht. Was dachtest du denn, warum wir dich nicht aus den Augen gelassen haben, verdammter Fuck! Das ist kein Spiel! Begreife das! Du kannst nicht durch das College rennen und dich wahllos mit irgendwelchen Pennern verabreden, um mich *eifersüchtig* zu machen! Das ist ... *dämlich!* Und du hattest das Pech, an genau den Falschen zu geraten. Eben genau einen von denen, die sich von dir nicht verarschen lassen, ohne sich zu holen, was sie wollen. Was übrigens zwangsläufig war! Was hast du dir eigentlich dabei gedacht?«

Sie ist weiß geworden, unverwandt liegt ihr Blick – geboren in riesigen, entsetzten Augen – auf ihm. Alan hat sich zu ihr hinabgelehnt, knurrend und mit wutverzerrtem Gesicht.

»Warte«, wispert sie total aus dem Zusammenhang gerissen. »Da war mehr ... im Wald ... warte einen Moment ...« Die Falten auf ihrer Stirn vertiefen sich und ihre Augen werden glasig.

Oh verdammt! Er hätte sie nicht anknurren, nicht die Kontrolle verlieren dürfen! Verdammt!

»... da waren ... *Geräusche*«, wispert sie. »Es war so dunkel, ich konnte kaum etwas erkennen. Aber ich konnte es *hören*. Jason, es war entsetzlich. Jemand hat geschrien und da waren Schüsse und Schläge und ... « Ihr Blick wird klar und sie insgesamt noch etwas bleicher.

»Sag etwas!« Ihre Stimme bebt. »Jason, sag was!«

Er runzelt die Stirn. »Ich weiß nicht ...«

Sie schüttelt den Kopf. »Nein, nicht *so!* Sag es so wie eben. Sag es ... *dunkler* ...«

Schon haben seine Hände abermals die Form von Fäusten angenommen. Er hat im Wald geknurrt, ja. Aber das war ein total abgedrehtes Knurren, nichts, was sich mit seiner *normalen* Stimme, ob laut und erregt oder gedämpft in Verbindung bringen lässt. Das hat nichts mit seiner menschlichen Seite zu tun. Das dort draußen in den Wäldern von Beebe Lake war ein Kämpfer, dem jede Menschlichkeit abhandengekommen war. Sie kann die Parallele unmöglich über seine Stimme herstellen. Unmöglich!

»Patty, was ...«

Ihre Augen verengen sich, er sieht das Begreifen dämmern, ohne dass er es aufhalten kann. Verdammt, warum muss sie nur so unerträglich intuitiv sein? »Du warst dort!« Sie wispert wieder. »Und andere. *Etwas*, jemand, ich kann es nicht genau sagen.«

»Ja, selbstverständlich war ich dort«, nickt Alan. »Wir fanden dich vor der brennenden Scheune ...«

Heftig schüttelt sie den Kopf. »Ich kann mich an keinen Brand erinnern. Was ich hörte, fand im Dunkeln statt. Ich konnte nichts erkennen. Und du warst dort. Ich weiß es!«

»Du irrst dich.« Seine Stimme ist mit einem Mal sehr ruhig.

Unablässig bewegt sich ihr Kopf von einer Seite zur anderen. »Nein! Ich *weiß* es.« Dabei bedenkt sie ihn mit einem eigenartigen Blick, den Alan nicht einordnen kann. Ewigkeiten fixiert sie ihn, bis sie schließlich tief Luft holt. »Wer war das da draußen?«

Als er nicht reagiert, erhebt sie sich und kommt langsam auf ihn zu. Und Alan, aus irgendeinem Grund, den er nicht benennen kann, weicht vor ihr zurück.

»Sag mir, wer das war.«

Er tritt weiter den Rückzug an, und hebt abwehrend die Hände. Aber der Raum ist nicht besonders groß, daher dauert es nicht lange, bis die Wand jede weitere Flucht unmöglich macht. Ihre Augen entlassen ihn nicht aus ihrem Bann. »Es waren ... *Schüsse, Schläge und* so ein ekelhaftes *Knacken!*«

Bei der Erinnerung erschaudert sie, doch dieser entschlossene Ausdruck verschwindet deshalb leider nicht. »Gib zu, dass du dort warst.«

»Du irrst dich.«

Ihr Mund verzieht sich zu einem bitteren Lächeln. »Ja, ja, ich liege oft falsch, schon klar, besonders, weil ich ja nicht ganz dicht bin. Aber diesmal nicht. Ich *weiß,* was ich weiß. Du warst dort!«

»Woher nimmst du deine Überzeugung? Du hattest dir den Kopf angeschlagen, Hallu...«

Das bringt ihm einen spöttischen Patty-Blick ein. »Vergiss es!« Ihr Blick ist wieder in die Ferne gerichtet. »Ich wurde wach und hörte diese Kampfgeräusche. Aber ... es waren die *richtigen,* sie machten mir keine Angst. Da draußen war nicht nur Randy, da waren andere, und jemand kam – *du kamst –* und hast mich gerettet. Ich weiß es einfach.« Ihr Blick wird wieder klar.

Mechanisch schüttelt er den Kopf. »Total falsch! Als wir dich vor der brennenden Scheune fanden, warst du nicht bei Bewusstsein. Du bildest dir das alles nur ein, Baby.«

Mit erhobenen Händen steht er an der Wand und kann sich nicht erklären, weshalb er so *panisch* ist. Nie zuvor hat er sich von irgendeiner Person in die Enge treiben lassen. Und jetzt kommt dieses kleine Mädchen auf ihn zu, mit blitzenden, blauen, grellen Augen und ihm ist, als würde jemand langsam seine Kehle zudrücken. Es fehlt nicht mehr viel, und sie wird zu viel wissen. Die endgültige Rückkehr ihrer Erinnerung ist nicht mehr weit, das fühlt er. Und dann wird sie sich von ihm abwenden. Plötzlich ist das wenige, was ihm von ihr geblieben ist, so viel wert. Was soll er tun, wenn sie von ihm verlangt, dass er sie nach Hause lässt? Das *kann* er nämlich nicht! Irgendwo da draußen lauert dieser hasserfüllte Typ, davon geht Alan zwangsläufig aus. Patty ist nirgendwo mehr sicher und er kann es ihr nicht *sagen*. Er schließt die Lider und ballt die Fäuste, während Patty immer näherkommt. Langsam und bedrohlich, als wäre plötzlich sie die gefährliche Kämpferin. Als er ihre Hände auf seinen Wangen spürt, zuckt er zusammen, sieht sie jedoch nicht an.

»Bitte, sage mir nur, dass du dort warst.« Jetzt wispert sie nur noch, dieser kehlige, leicht raue Klang, der ihm sofort in die Eingeweide fährt, ihn erregt und gleichermaßen verwirrt. *Das* bringt wieder Gefühl in seine Gliedmaßen. Eilig entfernt er ihre Hände und tritt beiseite. Sie ist *wahnsinnig*! Patty *kennt* die Wahrheit. Keine Ahnung, wie sie zu der Überzeugung gelangt ist, aber ein Blick in ihre Augen lässt keine Zweifel offen. Sie *weiß* es! Auch von Fred und Shaila. Alles hat sie gehört, wenn auch nicht gesehen.

Doch die Geräusche waren furchtbar genug, man benötigt nicht noch den visuellen Beweis. Er weiß, wie sich die Szene angehört hat, wie *mörderisch, barbarisch ... grausam.* Abstoßend in höchster Potenz für jedes moralisch denkende Wesen. Und jetzt steht sie vor ihm, mit diesem lächerlichen, fast schon *zärtlichen* Blick und *berührt* ihn. Hat der Schlag auf den Kopf sie tatsächlich den Verstand gekostet? Also das, was davon in der Basis vorhanden war.

»Patty!« Er stößt es zwischen zusammengepressten Zähnen hervor. »Benutze nur ein einziges Mal deinen Verstand, oder lass wenigstens deinen Überlebenswillen für dich arbeiten. Wenn du wirklich glaubst, *ich* wäre für dieses Massaker verantwortlich, dann solltest du dich mir wohl kaum auf diese Art nähern!« Verwirrt runzelt sie die Stirn – *sicher!*

»Was meinst du damit?«

»Sieh mich an!« Sein Grollen ist tief, doch selbst das ist schon egal. »Ich bin, was ich bin! Grausamer, als Randy jemals *war!* Du willst die Wahrheit? Hier ist sie: *Meinetwegen* solltest du sterben. Ich bin der Grund, weshalb sie überhaupt auf dich aufmerksam wurden! All das kannst du unmöglich ignorieren, wenn du auch nur annähernd Zeuge dessen wurdest, was heute Nacht in jener Lichtung geschah!«

Wieder haben sich ihre Augen vor Entsetzen geweitet, aber sie weicht natürlich nicht den winzigsten Schritt zurück. Ha!

Eindeutiger Wahnsinn! »Wer will mich töten?«, wispert sie.

Er verdreht die Augen und fährt sich mit den Händen erschöpft durchs Haar. »Das willst du nicht wissen, Baby, du DARFST es auch nicht wissen. Was du gesehen hast, genügt!«

»Ich *konnte es nicht sehen!*«

»Dann kannst du auch nicht wissen, dass ich dort war!«, erwidert er knapp.

Heftig nickt sie »Das kann ich doch!«

Ungläubig starrt er sie an. »Aber das sind HIRNGESPINSTE! Du hast geträumt, dir meinetwegen seine Anwesenheit sogar herbeigewünscht. Jason, der edle Ritter, der zu deiner Rettung eilt. Aber in Wahrheit weißt du gar nichts!«

»DAS TUE ICH DOCH!« Das kommt jetzt laut. Er zieht nach, inzwischen ist ihm fast alles egal.

»KANNST DU NICHT! DU WEISST ÜBERHAUPT NICHTS! DU HAST IRGENDWELCHE VERMUTUNGEN, DIE DU DIR NICHT ANDERS ERKLÄREN KANNST ALS MIT LÄCHERLICHEN VORSTELLUNGEN, VON MIR ALS DEINEM HOLDEN RETTER! ABER DU WEIGERST DICH STÖRRISCH, *ALLES* ZU AKZEPTIEREN! BEGREIFST DU DAS DENN NICHT? WENN ICH WIRKLICH AUF DIESER LICHTUNG WAR, DANN WAR ICH EINER VON *IHNEN!*«

»Ja und? Glaubst du wirklich, mir wäre nicht entgangen, dass du etwas vor mir verbirgst? Genau wie Shaila oder Fred? Für wie dämlich hältst du mich eigentlich?«

»Aber mehr weißt du nicht«, knurrt er. »Du weißt nicht, wie gefährlich es ist, unter uns zu sein. Ich habe versucht, es dir begreiflich zu machen, aber du wolltest nicht auf mich hören. Und anstatt dich von mir fernzuhalten, wie du es ja deiner Ansicht nach wolltest, hast du dein abgefucktes Spiel immer weiter getrieben!«

Das ist unfair und er weiß das auch. Für den Angriff der drei Idioten von gestern Nacht ist nicht sie verantwortlich. Doch Alan befindet sich gerade nicht in einem Stadium, in dem er sonderlich zur Fairness tendiert. Er weiß nur eins: Obwohl sie nie wieder aus seiner Nähe verschwinden wird, jedenfalls nicht, solange sie auf der obersten Fahndungsliste dieser schwarzen Wichser steht, wird sie ihn ablehnen, vielleicht sogar hassen. »Es ist mir egal, wer du bist. Das war es immer.«

Er wirft seinen Kopf in den Nacken und stößt ein dumpfes Grollen aus. »Baby, werde wach! Wenn du wüsstest, auf wen du dich in deiner grenzenlosen Dämlichkeit einlassen willst, dann würdest du rennen.« Finster starrt er sie an. »Und ich würde dich zurückholen.« Wo sie schon mal bei der Wahrheit sind, weshalb nicht gleich reinen Tisch machen?

Wenn sie ihn schon hasst, dann richtig.

»Was soll das bedeuten?« Noch immer wirkt sie nicht im Mindesten erschrocken.

»Ach, das winzige Detail ist deiner Aufmerksamkeit entgangen?« Alans Ton wird geschäftsmäßig. »Es waren drei, Patty. Zwei konnten wir unschädlich machen, der dritte entkam. Er wird nicht ruhen, bis er dich getötet hat. Und das, Patricia, bedeutet nichts anderes, als das du dich in Lebensgefahr befindest. Du kannst nicht mehr in deine Wohnung zurückkehren. Ich werde dich für keine *Sekunde* mehr aus den Augen lassen. Denn er wird warten. Und wenn er dich in die Finger bekommt, dann wird er dich *zermalmen!*«

Sie ist bleich geworden. »Aber warum? Ich habe ihm nichts getan!«

Er hebt eine Augenbraue. »Aber ich. Gestern Nacht tötete ich seine Frau. Dafür will er Vergeltung.«

»Aber ich verstehe nicht!« Sie wispert nur noch, während sie sich auf unsicheren Beinen wieder zum Bett zurücktastet und sich langsam setzt. »Was habe ich ...«

»Stell dich nicht dümmer an, als du bist! Ich habe seine Frau gekillt. Er will sich auf gleiche Art revanchieren.«

Ausdruckslos sieht sie ihn an, doch er weiß, dass ihre Gedanken sich momentan überschlagen.

»Aber ...« Sie verstummt und runzelt die Stirn. »Aber ...
ich bin nicht ...« Ihr Kopf fährt hoch und ihre Augen werden
groß. »Bin ich ...?«

»Natürlich nicht!«, knurrt Alan. »Aber dieser Irre *glaubt*
das. Genauso, wie er glaubt, dass du im Bilde bist, das genügt,
oder meinst du, er fragt noch dreimal nach?«

Nachdenklich betrachtet sie ihn – das ›nachdenklich‹ das er
in den vergangenen Monaten hassen gelernt hat. Langsam
kehrt wieder etwas Farbe in ihr Gesicht. »Gut!« Plötzlich
entschlossen springt sie auf und greift nach ihrer Jacke. »Ich
gehe zur Polizei und ...«

Sein zynisches Gelächter unterbricht sie.

»Was?«

»Es gibt keine Polizei, die dir helfen könnte. Mal davon
abgesehen, dass sich niemand einmischen würde, genommen
den Fall, du findest irgendeinen blutjungen und dummen Cop,
der sich noch nicht so auskennt. Soll ja immer mal wieder
vorkommen. Was willst du dem denn sagen? Da gibt es
irgendjemanden, der will mich irgendwie killen. Er ist
irgendwie sauer auf mich, weil seine Bettmatratze gekillt
wurde. Oh, woher ich diese Information habe? Von Jason
Lexington, mit dem habe ich zwar ein paar Mal gefickt, aber
mehr kann ich zu ihm nicht sagen. Wie der Typ aussieht?
Keine Ahnung, ich hab ihn nicht gesehen. Aber es wäre nett,

wenn ihr mit der Suche beginnen könntet.« Er verzieht das Gesicht. »So etwas in der Art? Was für ein Bullshit, ich hätte dich für cleverer gehalten. Selbst *wenn* du der Polizei die Identität dieses kleinen Wichsers bis ins kleinste Detail benennen *könntest,* hätte keine Hundertschaft von ihnen auch nur die geringste Chance. Sie würden nicht mal ausrücken, kapiert? Es würde keine fünf Minuten dauern, bis das Telefon des Polizeichefs klingeln würde und man ihn zurückpfeift. Du hast es hier mit Kalibern zu tun, mit denen du nicht dealen kannst. Und dieser Typ wird nicht Ruhe geben, bis er dich gekillt hat. Jetzt kapiert?«

Stumm hat sie ihm gelauscht, und die Tränen brauchen eine Weile, bevor sie sich durchsetzen können. Doch als sie kommen, werden sie schnell zu wahren Sturzbächen. »Aber was soll ich denn jetzt tun? Wie soll ich denn ...«

Schon ist er bei ihr, nimmt sie an den Händen und führt sie zum Bett zurück. »Es tut mir leid«, erklärt er tonlos. »Doch du kannst nicht mehr zurück. Zumindest nicht ohne Begleitung.«

»Aber ich kann nicht hierbleiben! Ich habe doch ein Leben!« Ihre Augen weiten sich und plötzlich ist ihr Blick hart. »Nein, ich kann nicht!«

»Dazu gibt es keine Alternative.«

»Doch!«

Er zwingt sich zur Ruhe, obwohl bereits wieder alles in ihm nach der nächsten Detonation verlangt. Dass es nicht einfach werden würde, hat er gewusst. »Nenn mir dein Problem und wir werden eine Lösung dafür finden. Du kannst studieren. Zur Not hole ich Personenschutz, damit du sicher bist.«

Patty scheint ihm überhaupt nicht zuzuhören. »Ich kann nicht hierbleiben!«

»Und warum genau nicht?«

Endlich sieht sie ihn an. »Ich kann nicht bei *dir* bleiben, Jason.«

12. Restless

Alan versucht es. Trotz seiner Gereiztheit redet er mit wahren Engelszungen auf sie ein. Doch Patty weigert sich, auch nur eines seiner zahlreichen Argumente gelten zu lassen. Schließlich gibt Alan auf. Vielleicht ist es auch zu viel auf einmal.

Er beschließt, sie zunächst allein zu lassen und verlässt den Raum. Shaila ist jetzt bei ihr. Sie hat ihr Frühstück gebracht und versucht, mit ihr zu reden. Er sitzt im Wohnzimmer und starrt blicklos in den Fernseher. CNN – was sonst. »Was wirst du tun, wenn Shaila nicht erfolgreich ist? Sie gegen ihren Willen hier festhalten?« Fred hat neben ihm Platz genommen.

»Ich habe keine Ahnung. Fortlassen kann ich sie nicht. Sie wäre tot, bevor sie auch nur ihre Appartementtür aufgeschlossen hat. Doch bei mir will sie nicht bleiben. Das nenne ich eine ziemlich ausweglose Situation.«

»Was, wenn du noch einmal mit ihr sprichst?«

Alan lacht auf. »Das habe ich versucht, was glaubst du denn? Sie stellt sich stur, weigert sich, konkret zu werden. Das ist wieder so typisch Patricia! Sie weiß, dass da nichts zwischen uns laufen wird!«

»Alan!«

Der ignoriert seinen Schwager. »Wenigstens das muss sie doch verstanden haben! Sie weiß, dass wir etwas verbergen. Gott sei Dank! Aber sie sitzt in der Scheiße und wir mit ihr. Denn die Alten werden bereits informiert sein, und ich ...«

»Alan!«

Heftig schüttelt er den Kopf. »... werde doch nicht zusehen, wie sie sich ausliefert. Fuck! Wenn Dad dahinterkommt wird er ausrasten. Aber das lass meine Sorge sein, ich werde mich um ihn kümmern, sobald ich diese dumme Person irgendwie zur Räson gerufen habe. Ich werde deine Hilfe brauchen, damit wir ihnen versichern können, dass sie absolut ahnungslos ist. Irgendwie werden sie die Infos schon nach Europa schleusen – hoffe ich. Und was dieses Mädchen dort oben betrifft ...«

»Alan!«

»... entweder, sie kriegt sich jetzt ein, und spielt mit, oder ich werde sie gefangen halten müssen. Und mir ist fuckegal, was ihr davon haltet! NEIN, DAS KANN ICH IHR NICHT SAGEN, VERDAMMT!«

Er steht, ohne sich erinnern zu können, aufgesprungen zu sein.

»Aber, das ist das ganze ...«

»Nein, Fred!« Er spricht sehr langsam und deutlich, versucht, nicht laut zu werden, doch es fällt ihm schwer. »Es ist ganz allein *meine* Schuld, dass sie sich überhaupt in dieser Lage befindet! Ist dir das entgangen? Ich werde einen Teufel tun, und dieses Himmelfahrtskommando noch weiter ausbauen. Dass es überhaupt so weit gekommen ist, schlägt bereits alles bisher da gewesene.« Resigniert lässt er sich auf die Couch fallen und wirft den Kopf in den Nacken.

Fred nutzt die Gelegenheit, um ihm die nächste, überaus prächtige Überlegung zu offenbaren. Und das ist mit Abstand die Beste bisher. »Dieses geringfügige Detail ist mir nicht entgangen. Darauf will ich ja die ganze Zeit hinaus! Es gibt nur eine einzige Möglichkeit, sie zu schützen, und das weißt du doch längst!«

Alan sieht ihn an. »Hast du den Verstand verloren? Das kommt nicht infrage!«

Fred zuckt mit den Schultern. »Du tust gerade so, als würdest du ihr die Hölle vorschlagen oder so etwas, dabei hat sie im Grunde nur Vorteile. Es ist eine Ehre. Du weißt, dass manchmal Fremde genommen werden.

Ich bin der beste Beweis. Und ihr Vater ist ein Revolvermann, wie auch immer!«

»*Der Mann löscht Brände!*«

»Wie auch immer, er handelt im Dienste der Menschheit. Er wird sein Kind dementsprechend erzogen haben. Du kannst nicht wissen, wie ...«

»Ganz genau«, unterbricht Alan ihn leise. »Denn sie *weiß* glücklicherweise noch nicht genug. Und sie wird es niemals erfahren! Schlage dir das aus dem Kopf, es ist zu keiner Zeit auch nur einen müden, total abgefuckten Gedanken wert!«

Fred hebt eine Augenbraue. »Nenn mir eine Alternative, was willst du tun?«

Alan lacht auf. »Ich werde dafür sorgen, dass dieser kleine Wichser ein für alle Mal von der Bildfläche verschwindet und dann ziehe ich mich von ihr zurück. Das ist die einzige Möglichkeit.«

Fred schüttelt den Kopf. »Die Alten werden längst informiert sein!«

»Das muss Dad klären«, erwidert Alan kurz und stöhnt auf, als Fred zweifelnd aufsieht.

»Meinst du, das bringt etwas?«

»Einen Versuch ist es wert!«

»Ich beziehe mich auf etwas anderes. Meinst du, diese Trennung bringt irgendetwas? Du wirst dir schaden.«

»Und?« fährt Alan auf. »Soll ich sie noch mehr in die Scheiße reinziehen, um mich irgendwie zu retten? Ist das deine Definition von Liebe, Fred?«

»Was ist mit Patty?«

Alan winkt ab. »Sie wird es verkraften. Keine zwei Wochen und ich bin Geschichte. Erledigt!«

Freds Mundwinkel zucken. »Von wie vielen Frauen wurdest du schon geliebt, Alan.«

Dem wird das Gespräch langsam zu bunt und vor allem zu persönlich. Er lacht leise. »Momentan mag sie das vielleicht glauben, doch sie irrt. Ich habe das schon öfters erlebt. Sie *wird* vergessen, das tun sie alle. Und es wird schneller gehen, als du denkst.«

Fred steht auf und legt eine Hand auf seine Schulter. »*Du irrst* dich in ihr, was du natürlich nicht einsehen wirst, klar. Aber da du doch nichts lieber tust, als zu grübeln, gebe ich dir noch einen Gedanken mit auf den Weg. Warum ist sie immer noch hier, ohne zu schreien, ohne um sich zu schlagen, ohne dich – uns – elende Kidnapper zu schimpfen, nachdem, was sie heute Nacht erleben musste? Hast du darüber schon nachgedacht?«

Um ehrlich zu sein, das hat Alan durchaus und ihm ist keine vernünftige Erklärung eingefallen. Doch seit wann hält Patty sich an irgendwelche Regeln? Egal, ob er sie anknurrt oder beleidigt, in ihrer Gegenwart Leute killt oder Scheunen anzündet, sie scheint dagegen immun zu sein.

Ist es da so verwunderlich, dass sie sich auch in dieser Situation völlig irrational verhält?

13. Promises

Als Shaila zwei Stunden später mit dem kaum angerührten Frühstück die Treppe hinunterkommt, wirkt sie seltsam in sich gekehrt und nachdem sie das Tablett in die Küche gebracht hat, setzt sie sich zu Alan. Er ignoriert sie und konzentriert sich auf den Fernseher. Ah, wieder ein Erdbeben in Japan. Das ist nach seiner Zählung das dritte in wenigen Wochen. Steht da überhaupt noch etwas?

»Du musst noch einmal mit ihr sprechen.«

»Vergiss es! Fred hat sein Glück bereits versucht. Ich sehe keinen Grund, mir den Vortrag noch einmal anzuhören.«

»Du missverstehst mich. Sie *wird* gehen, wenn du nicht mit ihr sprichst. Das hat sie mir eindeutig gesagt.«

Entgeistert sieht er Shaila an. »Das wäre ihr Todesurteil, hat sie das immer noch nicht begriffen?«

»Doch ... das hat sie durchaus. Aber das hält sie nicht davon ab, sie wird gehen!«

Mit verschränkten Armen lauscht Alan dem Wetterbericht von CNN. Ah, wieder Schnee und das zu Weihnachten. Wie idyllisch. »Und ich werde es nicht zulassen. Ende!«

»Versuchst du sie gegen ihren Willen hier festzuhalten, kannst du auf unsere Hilfe nicht zählen!«

Spöttisch sieht er sie an. »Natürlich, Shaila, du würdest sie in den sicheren Tod gehen lassen. *Hör auf!*«

»Sie ist ein erwachsener Mensch und kann allein für sich entscheiden. Du hast ihr die Gefahr deutlich – *sehr deutlich* – gemacht. Wenn sie sich entschließt, auf unseren Schutz zu verzichten, dann werde ich das respektieren.«

Langsam baut sich das altbewährte Knurren in seiner Brust auf. »Haben jetzt alle den Verstand verloren? Sie ist kein erwachsener Mensch, sondern ein trotziges Kind, das unbedingt seinen Willen durchsetzen will. Und du verfolgst die ernsthafte Absicht, sie beim Sterben zu unterstützen?«

Sie runzelt die Stirn. »Wenn du es so ausdrücken willst. Ja.«

Er sucht in ihrem Gesicht nach dem Bluff und kann ihn nicht finden. Doch das ist nicht Shaila.

Er weiß, wie sehr sie an diesem Mädchen hängt – die Gründe hierfür seien mal dahin gestellt. Sie würde niemals zulassen, dass ihr etwas geschieht.

Selbst wenn sie Alan nicht unterstützen will, Patty zur Not auch gegen ihren Willen hierzubehalten, muss es noch einen Plan B Kopf geben.

»Warum will sie unbedingt gehen?«

Shaila spitzt die Lippen. »Sie will dir nicht zur Last fallen. Sie sagt, dass sie dir schon viel zu viele *Unannehmlichkeiten* bereitet hat. In Wahrheit magst du sie nicht und sie möchte nicht weiterhin dafür verantwortlich sein, dass dein Leben so durcheinandergerät. Sie wird gehen, Alan.«

Trocken lacht er auf. »Und diese Kinderei hast du ihr abgenommen? Du machst dich lächerlich!«

»Du irrst dich.« Es ist die grenzenlose Geduld, die ihn schließlich aufhorchen lässt. Sein Gesicht wird einmal mehr zur eisigen Maske. »Was läuft hier? *Die Wahrheit*!«

Shaila holt tief Luft, und erst dann sieht sie ihn an. »Du kannst sie nicht aufhalten, Alan. Niemand kann das. Wenn sie ihr Schicksal wählt, dann soll es so sein. Du würdest sie vernichten, wenn du sie nicht ... ich will mich jetzt nicht theatralisch anhören, okay?«

›Dann lass es!‹, ist er versucht zu sagen, hält aber den Mund.

»Du wirst sie vernichten, wenn du sie nicht erhörst.«

Fassungslos starrt er sie an. »Okay, das *war* definitiv zu theatralisch«, knurrt er dann.

Sie hält seinem Blick stand.

»Das ist dämlich«, grollt Alan. »Ja, kindisch obendrein! Sie erpresst mich mit ihrem Tod, geht es vielleicht noch ein bisschen billiger?«

Sie neigt den Kopf. »Ob billig oder nicht ... das Ergebnis ist das Gleiche, denke ich ...«

Er würgt seine Wut zurück. »Also nur, um die Dinge zusammenzufassen. Sie …« Sein Finger weist in die ungefähre Richtung, in der sich das Gästezimmer befindet. »… geht eher in den Tod, als meine Ablehnung zu akzeptieren. Ist das korrekt?«

Shaila nickt langsam.

Diesmal schluckt Alan sein Grollen nicht mehr zurück. Er braucht keine Minute dann steht er in ihrem Zimmer.

»So! Du hast also beschlossen, Selbstmord zu begehen, wenn ich dich nicht belüge, ja, Patricia? Fein. Ich will deinen Tod nicht auf dem Gewissen haben. Daher bleibt mir jetzt wohl nichts anderes übrig. *Sieh mich gefälligst an, wenn ich mit dir spreche!*«

Sie steht am großen Fenster und sieht hinaus, doch als sein Knurren den Raum erfüllt, fährt sie zu ihm herum. Rot ist sie nicht, eher schlagartig leichenblass, die Augen riesig.

»Das nehme ich mir natürlich zu Herzen, ich liebe dich, Patricia. Schon immer. Eigentlich schon, bevor ich überhaupt wusste, dass es dich gibt. Die Sonne strahlt heller, wenn du mich mit deiner Gesellschaft belohnst. Beim Anblick deiner unglaublichen Schönheit ist es, als läge mir die Welt zu Füßen. Ich liebe dich mehr als mein Leben. Ich hätte das schon viel früher sagen sollen, wo meine Liebe für dich doch so *außergewöhnlich* ist. Am besten sollten wir das mitschneiden, damit es später keine Missverständnisse gibt. ICH LIEBE ...«

»Hör auf!«

Er grinst. »Warum? Es läuft doch gerade so gut. Diesen Scheiß wollte ich schon immer mal sagen. Also *versau mir das jetzt nicht!*« Er holt tief Luft. »ICH LIEBE DICH, Patricia Vault. Warum heiraten wir eigentlich nicht gleich, dann hätten wir es hinter uns. Ich will nicht, dass du den Eindruck gewinnst, ich würde es nicht *ehrlich* mit dir meinen. Also, Patricia Vault, willst du mein Weib werden? Ich kann mir ja nichts Schöneres vorstellen, als dich den ganzen Tag um mich zu haben. Sorry, einen Ring habe ich gerade nicht auf Lager, ich hoffe, mein Wort genügt dir vorerst. Du bekommst ihn später nachgereicht.«

Er hält inne, denn fast alles entspricht der Wahrheit. Doch er hätte sich nie träumen lassen, es ihr einmal ins Gesicht zu knurren.

Unzählige Male hat er sich die Szene in seiner Fantasie ausgemalt, obwohl er wusste, dass sie niemals eintreten würde und er hat sich für diesen Scheiß gehasst.

Doch in seinen Visionen erhellte sanfter Kerzenschein den Raum, Patty trug dieses eine Kleid, das ihn immer um den Verstand bringt, lächelte selbstverständlich zärtlich und Tränen glitzerten in ihren warmen Augen, als er diese Worte sagte. Mit seiner sanftesten, ehrlichsten Stimme.

In Ordnung, jetzt heult sie auch.

Aber der Anblick entspricht nicht unbedingt dem seiner heimlichsten, unerlaubtesten und gleichsam widerlichsten, emotionalsten Träume. Sie hat die Hände vor das Gesicht geschlagen und schluchzt. Eilig tritt er zu ihr, nimmt ihre Handgelenke und legt ihr Gesicht wieder frei.

»Sieh mich an!« Erwartungsgemäß weigert sie sich. »So was kannst du nicht erzwingen, egal, wie sehr du das vielleicht willst. Was du für deinen schönsten Traum hältst, könnte sich ganz schnell in deinen schlimmsten Albtraum verwandeln. Gib mir einfach die Möglichkeit, dein Leben zu beschützen. Denn es wird durch meine Schuld bedroht.

Aber versuche nicht, mich zu erpressen. Das funktioniert nicht bei mir, nicht einmal, wenn du es bist.«

Sie hält den Blick gesenkt, Tränen fallen in regelmäßigen Abständen zu Boden. »Und jetzt noch einmal, und zwar die richtigen Worte.«

Er hebt ihr Kinn, zwingt sie, ihn anzusehen, und als sich ihre Blicke treffen, lächelt er. Ihr blondes Haar ist auf unglaublich heiße Art zusammengefasst, etliche Strähnen hängen heraus, einige davon fallen in ihre Stirn, unter der sich diese riesigen blauen Augen ausmachen. Die süße Nase, die roten Lippen, die ein wenig beben ... sie ist unfassbar heiß.

Alan hat sie selten so sehr begehrt wie in diesem Moment, würde sie am liebsten auf dieses gottverdammte Bett werfen und endlich wieder das tun, wobei sie so genial zusammenpassen. Doch erstaunlicherweise fühlt Alan daneben Ruhe in sich und ein warmes Gefühl, das ihm bisher auch so ziemlich fremd war. Er deutet eine Verbeugung an:

»Patricia Vault. Erweist du mir die Ehre, dein Leben zu beschützen? Ich werde alles in meiner Macht Stehende tun, damit du so normal wie möglich weiterleben kannst. Doch du musst in diesem Haus bleiben, damit ich überhaupt in die Verlegenheit gelange, dies zu tun. Bist du damit einverstanden?«

Die Tränen laufen immer noch, als sie langsam nickt.

»Ja.«

14. In the sweet hell

»Ja, Dad, mir tut es auch echt leid. Aber ich muss einfach zu viel lernen. Nein, Shaila und Fred sind auch hier. Wir werden abends ein wenig zusammensitzen. Ja, Dad. Und bestell allen einen lieben Gruß. Bye.« Für einen Moment starrt sie auf das Telefon, bevor sie den Blick hebt. »Es geht in Ordnung, glaube ich.« Es kommt zögernd.

Shaila nickt. »Aber er ist enttäuscht, oder?«

Patty seufzt. »Sicher.«

Sie haben Patty davon überzeugt, nicht wie geplant über die Weihnachtsferien heimzufahren. Die Gefahr war einfach zu groß. Sie ließ sich schnell überreden. Natürlich. Das Letzte, was sie will, ist, ihre Leute in Gefahr zu bringen. Alan sitzt auf der Couch und beobachtet Fred und Shaila bei der seltsamsten Tätigkeit, die sie jemals verrichtet haben. Sie schmücken eine überdimensional große Fichte, deren Spitze beinahe die beachtlich hohe Decke des Wohnzimmers berührt. Den letzten funkelnden Weihnachtsbaum hat Alan vor mehr als zwanzig Jahren gesehen. Dann stellte seine Familie diesen Brauch ein, niemand konnte sich wirklich damit anfreunden, es erschien ihnen verlogen. Doch Alan kann nichts dagegen tun.

Allein der Nadelduft, der durch das Wohnzimmer zieht, setzt ihm zu. Es ist fast schon anheimelnd. Shaila hat es sich nicht nehmen lassen, diesen Baum zu besorgen. Daneben besitzen sie jetzt tonnenweise Baumschmuck, Eierpunsch, Lichterketten an den Fenstern und leuchtende Rentiere im Vorgarten, oh ja! Auch diese. Alan kann sich zwar nicht daran erinnern, wann der letzte Passant an diesem tief in den Wäldern Ithakas eingebetteten Haus vorbeigekommen ist, aber Shaila ließ sich nicht beirren. »Man kann ja nie wissen und es macht einen besseren Eindruck.«

Es existiert auch ein überdimensionaler Truthahn, der im Moment im Kühlschrank ruht. Keine Diskussion hat genutzt, Shaila bestand darauf, alles so normal wie möglich zu gestalten. Die Chamberlains feiern für gewöhnlich kein Weihnachtsfest. Es gibt keine Geschenke, keinen Weihnachtsbaum, und mit Sicherheit keinen Truthahn. Das Einzige, worauf sein Vater in jedem Jahr besteht, ist, an der Mitternachtsmesse teilzunehmen. Der Glaube ist Grundbestandteil der Ordensmitglieder, die verteidigen den katholischen Müll mit dem gleichen Enthusiasmus wie ihren größten Schatz. Faktisch ist es beinahe das Gleiche, der Vatikan ist nicht viel mehr oder weniger als die Schatzkammer des Ordens. Dennoch weigert Alan sich seit Jahren, die Kirche zu besuchen. Es erscheint ihm irgendwie nicht richtig, einen derart geweihten Ort zu betreten, wenn er selbst sich niemals wirklich mit dem Glauben identifizieren kann. Und er wird in diesem Jahr bestimmt nicht damit brechen. Er seufzt. Einfacher ist das Leben nicht geworden, seitdem Patty in diesem Haus wohnt. Den ganzen Tag tanzt sie vor ihm herum, in angemessener Entfernung, versteht sich. Betritt Alan den Raum, entwickelt Patty neuerdings einen überwältigenden Fluchtinstinkt. Fast kopflos stürzt sie in die entgegengesetzte Ecke des Raumes, starrt ihn mit großen Augen und bebenden Lippen an, während sich ihre verdammten Titten schnell auf und abbewegen und zu allem Überfluss wird sie rot. Ja, auch *das.* In den ersten zwei Tagen macht Alan sich einen Spaß daraus, sie vor sich herzutreiben, und schließt heimlich Wetten ab, wie lange sie braucht, um es in den anderen Teil des Raumes zu schaffen. *Und wie oft sie dabei stolpert!* Doch dann hat er es gründlich satt. Eine derartige Jagd ergibt nur dann Sinn, wenn er sie irgendwann auch mal fangen darf, was aber gegen seine neuesten Gesetze verstoßen würde. Außerdem nervt ihn das an Kindergarten erinnernde Theater ohnehin. Das ist einfach nicht er. Und so versucht Alan etwas anderes, indem er ab sofort betont nah ihren Weg kreuzt. Hauptsächlich, wenn sie sich gerade im Türrahmen befindet oder an anderen Orten im Haus, an denen eine Flucht unmöglich ist, ohne ein Loch in die Wand zu rammen.

Einige Male ist Alan sich tatsächlich nicht sicher, ob ihre Panik sie nicht selbst zu dieser drastischen Maßnahme befähigen würde. Adrenalin soll in Stresssituationen ja angeblich übermenschliche Kräfte verleihen. Sie ist blass, schnappt sichtlich nach Luft, starrt unentwegt irgendeinen Punkt an der gegenüberliegenden Wand an, und Alans Stimmungspegel, der sich möglicherweise vorübergehend im Aufwind befand, sinkt zurück in den Keller.

Was für ein Mist!

Selten hat er sich an derartigen Kindereien beteiligt, und nur, weil die sich derzeit häufen, werden sie garantiert nicht besser! Er mustert sie bedeutend grimmiger, überlegt, ob er sie schütteln oder küssen oder einfach vögeln sollte, damit sie endlich mit dem Bullshit aufhört, während Patty – sexy wie die Hölle und offenbar geistig nicht ganz auf der Höhe – tatsächlich Anstalten macht, durch die Wand zu brechen. So weit kommt es allerdings nie. Stattdessen scheint sie mit der Wand, dem Türrahmen oder dem Treppengeländer vorübergehend zu verschmelzen. Sie hält die Luft an, zieht alles ein, was sie nicht hat, um es einziehen zu können (und bei den Brüsten funktioniert das so nun mal nicht, die werden nur nach oben gedrückt), und starrt beharrlich zu Boden. Während Alan langsam und grinsend an ihr vorbei flaniert – und sich dafür natürlich augenblicklich strafende Blicke und

Gedanken von Fred und Shaila einhandelt. Selbst wenn es ihm Spaß macht und seinem Alter entsprechen würde, ist es ihm offenbar unter Androhung grausamster Qualen bei seinem späteren Einzug in die Hölle verboten, sich für diesen Bullshit zu rächen. Es stört ihn nicht sonderlich. Nach vier Tagen ist Alan so weit, sie einfach in die Enge zu treiben, auf dem Küchentresen zu platzieren und ihr so lange das Hirn aus dem Schädel zu vögeln, bis sie wenigstens einen Grund hat, zu erröten. Doch dann überlegt er sich, dass dies vielleicht nicht der beste Weg wäre, sie von ihrer Panik zu befreien und er verwirft den Gedanken wieder.

Seufzend.

Fuck, er hatte bereits so viele Frauen, und jede war auf ihre Art anders, obwohl er sich niemals sonderlich für ihren Charakter und ihr Wesen interessierte. Es war ihr Körper, der ihn anzog. Aber diese Person, die gerade – ungefähr zehn Meter von ihm entfernt, mehr gibt der Raum nicht her – am Boden hockt und künstliche Baumgirlanden sortiert, ist ihm noch immer ein Rätsel. Er *versteht* sie nicht! Und das wird er niemals. Egal, was er auch versucht, sie reagiert immer genau entgegengesetzt zu dem, was er erwartet. Es ist zum Verrücktwerden, was Alan auch wird. Langsam, aber stetig. Niemals war sie ihm ferner als nun, wo er sie Tag für Tag um sich hat.

Mit jeder Sekunde, die diese unerträgliche Situation anhält, wird Alan mehr auf die Probe gestellt. Seine Geduld ist noch nie besonders groß gewesen, aber inzwischen dreht er faktisch durch, kaum dass er diesen süßen Duft nach ihrem billigen Parfüm wahrnimmt, auf den sein Wesen inzwischen geeicht ist. Er will seine Zunge in ihren Mund gleiten lassen, will seine Hüften an ihr reiben, will ihre Brüste berühren, will sie schmecken, will, dass sie ihn schmeckt, will so viel ... und faktisch entgleitet sie ihm in jeder Sekunde etwas mehr, ohne dass er daran etwas ändern könnte. Hinzu kommt, dass Alan zu lange allein gelebt hat, um noch für eine WG konstituiert zu sein. Die Tatsache, ständig seine Schwester und deren Mann um sich zu haben, schlaucht ihn und strapaziert sein Nervenkostüm noch zusätzlich.

Als Shaila einige Tage vor Weihnachten auf die Idee kommt, in New York Weihnachtseinkäufe zu tätigen, atmet Alan erleichtert auf, obwohl er üblicherweise nun wirklich nicht für derartigen Schwachsinn zu haben ist. Aber es bedeutet eine gewisse Auszeit von diesen unhaltbaren Zuständen, die ihn mehr und mehr in den Wahnsinn treiben. Alan fährt, Fred sitzt neben ihm und die beiden Frauen residieren auf dem Rücksitz. Daher ist es im Wagen auf der halbstündigen Fahrt auch so verdammt laut, weil sie nämlich unaufhörlich vor sich hin labern. Die nächste Stunde geht dafür drauf, ein Center UND einen Parkplatz zu finden. Denn dem Menschenaufkommen zufolge steht der dritte Weltkrieg bevor, ohne dass der Orden zuvor davon Kenntnis erlangt hat. In dem großen Einkaufscenter trennen sie sich. Alan geht mit Fred und Shailas zieht mit Patty los. Ein Angriff von diesem Typ, von dem sie jetzt wissen, dass er Victor heißt, ist unter all den Menschen unwahrscheinlich, und so lässt er sich nach anfänglichem Zögern auf Shaila Vorschlag ein. Es gilt, Weihnachtsgeschenke zu kaufen, denn diesmal wird er nicht darum herumkommen. Eine Gabe für Patty gebietet wohl der Anstand, allerdings ist Alan schleierhaft, was er denn kaufen soll. Bislang hat er sich noch nie den konventionellen Zwängen unterworfen. Er *will* ihr eine Kette schenken. Ein Paar Ohrringe. Einen *Ring* – okay, wenn auch nicht unbedingt DEN Ring. Eben nur ein Schmuckstück. Ganz nebenbei erkennt er innerhalb dieser Gedankengänge, dass die Vorstellung, ihr irgendwas zu schenken, tatsächlich so was wie Wohlbefinden in ihm auslöst. Auch gut. Nun ja, wie auch immer. Problematisch ist nur, dass er nicht zu persönlich werden will, das würde sie nämlich wieder in irgendwelche Mädchenträume stürzen, die er ja dringend vermeiden sollte. Es muss etwas sein, das sie nicht verpflichtet. Nichts Wertvolles und vor allem, nichts *Verräterisches*. Gleichzeitig will er jedoch, dass es einmalig ist. Einzigartig.

Sie soll es betrachten und augenblicklich an ihn denken müssen, egal, wohin das Leben sie noch verschlagen wird. Er weiß, dass auch dieser Wunsch falsch ist, denn sie *soll* ja eigentlich nicht an ihn denken. Aber diesen kleinen Kompromiss gestattet er sich. Sie soll etwas von ihm haben. Etwas, das sie bei sich tragen kann wie einen Talisman. Der sie immer an ihn erinnert. Doch je mehr er sucht, desto klarer wird, dass es gar nicht so einfach werden wird, etwas Derartiges zu finden. Zumal diese vielen Menschen, die sich alle hektisch an ihm vorbeidrängen, ihm seine Suche ganz bestimmt nicht erleichtern. Alan ist schon beinahe verzweifelt, als er es endlich sieht. Es *ist* eine Kette, doch sie ist aus eher billigem Silber gefertigt, nicht zu wertvoll und schließlich ist es ja nicht so, dass sie Unbekannte sind. Er kennt sie sogar verdammt gut. Jeder Zentimeter ihres Körpers ist ihm vertraut und er weiß ganz genau, wie sie reagiert, wenn er sie an dieser einen kleinen Stelle unter ihrem Ohr küsst. Oder wenn er die festen Spitzen ihrer Brüste erst massiert, und sie dann zwischen Zeige- und Mittelfinger zwirbelt. Er weiß, wie sich ihre Lippen anfühlen, und wie sie schmeckt, egal, an welcher Stelle er kostet. In jeder Sekunde ist ihm bekannt, wie sich ihr Haar anfühlt, wenn er es fest packt, sodass er ihren Kopf in die richtige Position legen kann, um sie ...

Er *weiß es!* Das *ist* ja das ganze Problem!

An der fein gewirkten Kette hängt ein winziger Diamant in Tränenform. Auch er ist nicht wirklich wertvoll, zumindest nicht für Alans Verhältnisse. Außerdem hätte ihn der Preis ohnehin nicht davon abgehalten, sie zu kaufen. Sie ist *perfekt*! Was interessiert ihn, wie viel Geld er ausgibt? Teuer ist relativ. Noch als der Verkäufer die Kette einpackt, erfasst ihn bereits ein seltsames Gefühl. Er benötigt tatsächlich eine Weile, bevor er es identifizieren kann. Es ist *Aufregung*. Mit einem Mal kann er es kaum noch erwarten, dass es Weihnachten wird.

Alan will ihr unbedingt sein Geschenk überreichen, und *hofft* so peinlich verzweifelt, ihr damit eine Freude zu bereiten. Nur ein kleines Lächeln auf ihr Gesicht zaubern und ein winziges Leuchten in ihre Augen, das ist alles, was er sich wünscht. Dann wird er zufrieden seine Folter weiter ertragen.

Fuck, was ist er genügsam geworden!

15. Christmas Eve

Es ist die Nacht vom vierundzwanzigsten zum fünfundzwanzigsten Dezember und Alan liegt auf seinem Bett und grübelt. Wie immer. Fred und Shaila sind zu den Eltern gefahren, um wenigstens die Formen zu wahren. Die Formen sind Alan egal, er gibt seit dem Vorfall mit den anderen sowieso das abstoßende Beispiel und ganz ehrlich, er fühlt sich wohl dabei. Als er eine Tür hört, erstarrt er. Sein erster, flüchtiger Gedanke gilt irgendwelchen Eindringlingen. Doch kaum gedacht entspannt er sich wieder, denn es war nicht die Eingangstür, sondern eine Zimmertür. Neugierde entbrennt in ihm. Er will wissen, warum Patty mit einem Mal nachts durch das Haus tappt. Doch er kann ihr auch nicht grundlos in der Dunkelheit nachschleichen. Sie hätte ihm zu Recht vorgeworfen, ihr nachzuspionieren. Dann fällt ihm dieser seltsame Brauch ein, die Geschenke nachts unter den Baum zu legen und schon ist er aufgesprungen und hat das kleine Etui gegriffen. Er hat sein Alibi!

Lautlos huscht er die Treppe hinab und verharrt auf den letzten Stufen in der Bewegung. Patty kniet am Boden und bestaunt den Weihnachtsbaum. So scheint es zumindest. Sie sitzt davor und fixiert ihn, als hätte sie so etwas noch nie gesehen. In dieser bizarren Position wirkt sie wie ein kleines Kind. Ihr langes Haar berührt die nackten Fußsohlen und ihre Hände ruhen flach auf den Knien. Er durchquert den Raum und erst als er sich neben sie setzt, sieht sie überrascht zu ihm auf. Sein Seufzen verkneift er sich mit etwas Mühe. *Normal* wäre gewesen, dass sie zusammenzuckt oder vielleicht in Ohnmacht fällt. Ein hysterischer Schrei hätte auch durchaus im Bereich des Möglichen gelegen. Doch das ist keine von Pattys Reaktionen. Sie mustert ihn für einen Moment wortlos und blickt wieder zu dem Baum.

»Als ich klein war, schlich ich immer nachts nach unten und bewunderte den Baum«, murmelt sie. »Meine Mom schmückte ihn immer am Heiligen Abend. Ich liebte das. Und ich habe immer die Geschenke für sie darunter gelegt. Ich dachte, ich halte mich besser an die alten Rituale. Das soll Glück bringen.«

Er blickt auf ihre linke Hand und bemerkt ein kleines kunstvoll eingewickeltes Päckchen.

»Ich dachte, dass alle schlafen«, fährt sie fort. »Sonst wäre ich nicht heruntergekommen. Ich will niemanden stören.«

»Du störst niemanden, Patty.«

Seufzend lässt sie den Kopf hängen. »Ich störe *dich*.«

»Warum solltest du? Das Haus ist groß genug, wie du ja jeden Tag aufs Neue feststellst, wenn du die exakte Länge der Wände austestest.« Alan kann sein Grinsen nicht ganz zurückhalten, es kommt leider nicht gut an, denn obwohl ihre Wangen mit frischem Blut geflutet werden, verdreht sie entnervt die Augen. »So meinte ich das nicht und das weißt du ganz genau! Allgemein, nicht nur hier. Ich *störe dich*. Ich weiß, dass du sonst ein anderes Leben führst.« Ihr Lachen klingt etwas spröde. »Auch wenn ich mir immer noch nicht ganz erklären kann, wie das funktionieren soll. Du bist ganz anders. *Älter.* Und ich hindere dich daran, zu tun, was du sonst so tust. Das bedaure ich echt.«

»Ich schwöre dir, du störst mich nicht. Nicht im Geringsten. Es gibt nichts, was ich versäume. Ich ...«

Sie blickt zu ihm auf. »Ja?«

»Du störst nicht«, wiederholt er knapp und sieht wieder zum Baum. Ihr Blick verweilt noch ein wenig länger auf ihm, bevor auch sie wieder das dekadente Gebilde vor ihnen betrachtet.

»Ich muss mich bei dir entschuldigen«, hebt Alan irgendwann an.

Sie sieht ihn nicht an. »Nein, musst du nicht.«

»Doch, meine Worte waren ziemlich hart und das tut mir leid.«

Jetzt schaut sie doch zu ihm. »Welchen Teil meinst du denn? Dass ich dumm bin oder nichts raffen will? Oder ...« Sie beißt sich auf die Unterlippe und schweigt.

»Oder ...«, erwidert er leise. »Ich war wütend und benahm mich daneben. Das war nicht richtig.«

»Nein. Was *ich* tat, war nicht fair. Das weiß ich jetzt. Aber ...« Sie klingt plötzlich bittend. »... du musst mir glauben, dass ich dich nicht zu irgendetwas erpressen wollte. Daran habe ich nicht einmal gedacht, bis du im Zimmer gestanden und losgelegt hast. Es ist nur so, dass ...« Patty verstummt und senkt den Kopf.

»Was?«

Sie holt tief Luft. »Es ist ... so *schwer*. Ich weiß, du verstehst das nicht, aber es fällt mir nicht leicht. Ich bemühe mich, doch es funktioniert nicht. Das musst du mir glauben.«

»Ich habe nicht die geringste Ahnung, wovon du sprichst. Was ist schwer?«

Sie wird rot, das kann er sogar in der Dunkelheit ausmachen. »Hier zu sein. Das ist so schwer.«

»Aber warum? Ich dachte, du würdest dich mit Shaila amüsieren.«

Leise lacht sie. »Ja, mit Shaila. Und mit Fred. Das ist toll. Aber es ist schwer, bei *dir* zu sein.«

»Warum?« Auch er wispert und kann sich nicht erklären, weshalb.

»Weil ich ...« Sie seufzt. »Ach, fuck ...«

Ja, er *kann* sie verstehen. Und *wie* er das kann. Sein Arm legt sich wie von selbst um ihre Schultern, und sie lehnt ihren Kopf an seine Brust. Dann sitzen sie eine ganze Weile schweigend vor dem grotesken Gewächs, das still vor sich hinblinkt, und Alan genießt den Müll sogar.

16. Love me like I do

Plötzlich fällt ihm etwas ein. »Patty?«

Sie zuckt zusammen. »Ja?«

»Darf ich dir etwas geben?« Er hört die absurde Aufregung in seiner Stimme, doch es ist ihm egal. Er *ist* ja schließlich aufgeregt!

»Was denn?«

»Eine Kleinigkeit, nichts Besonderes. Nur eine Kleinigkeit zu Weihnachten. Darf ich ...?«

Sie antwortet nicht gleich und das verunsichert Alan sofort. Vielleicht hätte er es besser lassen sollen. Das war doch eine total abgefuckte ...

»Okay, aber nur, wenn ich dir auch meins geben darf.«

»Du hast ein Geschenk für *mich?*«

Sie lächelt. »Warum nicht. Du hast ja auch eins für mich.«

Nun, das ist ein Argument. Sie senkt den Blick, und als sie ihn wieder ansieht, funkeln ihre Augen. »Frohe Weihnachten.« Damit reicht sie ihm das kleine Päckchen. Es ist nicht größer als seines.

»Frohe Weihnachten, Patty.« Er gibt ihr das kleine Etui, das jetzt in hübsches goldenes Papier eingewickelt ist.

Keiner rührt sich und schließlich lacht er auf. »Okay, gleichzeitig, ja?«

Sie nickt kichernd, rührt sich jedoch immer noch nicht. Seine Augen werden groß, während er ihre damit nicht loslässt, bis er ganz unvermittelt das Startkommando gibt. »Los!«

Alan ist schneller. Es *ist* ein Schmucketui, und als er es öffnet, erstarrt er. Darin befindet sich eine zierliche goldene Kette. Keine teure Juwelierarbeit, aber für ihn ist sie augenblicklich wertvoller als alles, was er jemals besessen hat und jemals besitzen wird. Ein winziger kleiner goldener Anhänger ist an der Kette angebracht. Kaum größer als fünf oder sechs Millimeter. Er starrt die Figur an und weiß nicht, was er sagen soll. Als er aufblickt, erkennt er, dass Patty ungläubig sein Geschenk betrachtet. Dann bemerkt sie seinen Blick und sieht auf.

»Das ist ...«

»Ich dachte ...«

Sie haben beide begonnen und verstummen gleichzeitig. Lächelnd gewährt er ihr den Vortritt. Sie wird rot.

»Es ist ein kleiner Schmetterling. Nicht dass du den falschen Eindruck bekommst, denn es ist wirklich eine Herrenkette, deshalb ist er so klein. Ich dachte, Schmetterlinge sind so bunt und fröhlich und du bist immer so finster. Und ...«

Sie verstummt und senkt den Kopf.

»Danke«, sagt er schlicht.

»Es gefällt dir?« Schon klingt sie wieder aufgeregt.

»Es ist das schönste Geschenk, das mir je gemacht wurde«, lautet seine wahrheitsgemäße Antwort und sie wird noch eine Schattierung roter. »Ich dachte, sie würde dir vielleicht gefallen«, sagt er leise und weist auf die Kette in ihrer Hand. Patty betrachtet sie ausgiebig und sieht schließlich wieder zu ihm auf. Ihr Blick ist warm.

»Sie ist so schön. Ich weiß nicht, was ich sagen soll.«

Lächelnd schüttelt Alan den Kopf. »Nichts. Darf ich sie dir umlegen?«

»Aber nur wenn ich ...«

Er lacht. »Kein Problem. Aber ich zuerst!«

Bereitwillig neigt sie den Kopf, und als ihre Kette dort ist, wo sie Alans Ansicht nach für den Rest ihres Lebens bleiben soll, legt sie ihm seine an. Von der *weiß* Alan, dass sie bis zum Rest seines Daseins genau dort verharren wird. Bis sie irgendwann zu Staub zerfällt oder er dem Unfug ein Ende bereitet. Eine Frage, die sich jeder irgendwann stellen muss. Bei ihm kam sie nur bedeutend früher, denn das hat er schon häufig getan. Besonders innerhalb der letzten Monate. Es gibt immer eine Wahl, genau genommen jede Woche ein Mal.

Würde er verzichten, würde die Natur ihn einholen und ihren gewohnten Verlauf nehmen. Dann sieht er wieder auf und befindet sich augenblicklich im Bann ihrer glänzenden Augen. War da nicht irgendwas mit einem Weihnachtsbrauch? Er glaubt zu wissen, dass irgendein Gesetz verlangt, dass man sich küsst, wenn man nachts, ohne Hausschuhe, im Dunkeln vor einem Weihnachtsbaum sitzt. Zaghaft überbrückt seine Hand die kurze Distanz zu ihr. Sie bewegt nicht einen Muskel, blickt ihn nur unverwandt in die Augen. Zärtlich berührt er ihren Hals, tastet sich zu ihrem Nacken vor und zieht sie zu sich. Ganz nah vor ihren Lippen verharrt Alan, mustert sie noch einmal, bevor er seinen Mund auf ihren legt.

Es ist wie das Startsignal, er hört sie aufkeuchen, ihre Finger auf seiner Schulter, während sie die Lippen teilt, seine Zunge in Empfang nimmt und ihren Kopf zur Seite neigt, um ihm noch besseren Zugang zu gewähren. Er zieht sie auf seine wachsende Erregung, schlingt ihre Beine um seine Hüften, lässt die Hände sofort wieder an ihrem Rücken hinaufwandern und presst sie so fest an sich, dass die festen Spitzen ihrer Brüste beinahe seinen Oberkörper massieren. Beide stöhnen gleichzeitig, bevor sie sich etwas aufrichtet, ihre Lippen jedoch auf seinen belässt und sich rhythmisch auf ihm bewegt. Dabei fallen ihm ein paar seidige Strähnen ihres Haars ins Gesicht, dieses verdammten, duftendenden Haars, und Alan ist endgültig erledigt. Mühelos hebt er sie an und bettet sie auf dem Parkettboden, ohne ihre Lippen freizugeben. Ihre Hände fahren in sein Haar und werden augenblicklich zu Fäusten. Feste Fäuste! Als wollte sie dafür sorgen, dass er nicht plötzlich geht. Wenn das der Grund ist, dann ist ihre Sorge unberechtigt, er hat nicht mal die Absicht, sie noch einmal loszulassen. Nie mehr! Erkundend lässt er seine Hände über ihren Körper wandern, und sie schlingt die Beine noch stärker um ihn, hebt ihm ihre Hüften entgegen, reibt sich an ihm, fordert ihn auf, fleht ihn an, sie und sich selbst endlich zu erlösen. Patty ruft nach ihm, ohne einen Ton von sich zu geben, und er kommt ihren Rufen nur zu gern nach. Ruft sie nicht immer? Kämpft er nicht jeden Tag vierundzwanzig Stunden gegen diesen grausamen, unwiderstehlichen Ruf? Ist es da verwunderlich, dass er jetzt kapituliert? Doch als sie versucht, sich unter sein T-Shirt vorzutasten, knurrt er. »Patty!«

Ihre Finger verharren augenblicklich.

»Ich kann das nicht tun.« Sein Wispern an ihren Lippen klingt rau.

»Warum nicht?« *Ihr* Wispern klingt atemlos.

»Weil ich dich nicht verletzen will.«

Sie nimmt sein Gesicht in ihre Hände und betrachtet ihn ernst. »Ich liebe dich *nicht*, Jason. Genau, wie du mich *nicht* liebst. Es war ein Fehler, das zu glauben und ich weiß jetzt, dass es nicht stimmt. Du wirst mich nicht verletzen.«

»Ich weiß, dass du mich *nicht* liebst«, gibt er rau zurück.

»Ja.«

»Und ich liebe dich auch *nicht*.«

»Ja.«

»Also, du meinst, du weißt endlich, dass da keine Liebe ist und wir können ...«

»Jaaaa.«

Er steht bereits, mit ihr im Arm und einmal mehr wird ihm bewusst, wie leicht sie innerhalb der letzten Wochen geworden ist. Seine Erregung drängt unangenehm gegen das Stoffgefängnis seiner Hose, doch es gelingt ihm, seine Stimme ruhig zu halten, auch wenn sie sogar noch dunkler klingt, als es bisher bereits der Fall war. »In Ordnung.«

17. Everything

Patty

Bitte!

Es ist das einzige Wort, das sie momentan beherrscht, während er sie die Treppe hinaufträgt und dabei nicht den Blick von ihr nimmt. Sein sehniger Körper an ihrem lässt sie alle Vorsicht in den Wind werfen. Vor allem diejenige, die ihr seit den letzten Wochen, in denen ihr Leben mehr oder weniger auf den Kopf gestellt ist, wispert, sich verdammt noch mal von ihm fernzuhalten. Weil sie eben nicht Isabella Swan ist, sondern Patricia Vault, und die ist weder blöd noch lebensmüde. Alles ist wie weggeblasen, in ihr lebt nur noch dieses tiefe Verlangen, ihn endlich wieder zu spüren. Sein Duft bringt sie beinahe um den Verstand, die Muskeln, deren Stränge sich unter der tiefbraunen Haut anspannen, sind wie der ultimative Ausdruck von Männlichkeit und die immer etwas eisige Miene innerhalb dieses erwachsenen, männlichen Gesichtes verursacht jedes Mal, wenn sie ihn ansieht, einen wohligen Schauder, der von den Haarspitzen ausgehend über ihren gesamten Körper wandert.

»Es ist gut, dieses *Nicht*-Lieben«, wispert sie an seinen scharf geschnittenen, so sexy Lippen.

»Ja«, erwidert er mit dieser dunklen Stimme, welche den nächsten Schauder durch ihren Körper jagt, bevor er sie flüchtig küsst und dann den Rest des Weges zurücklegt. Einen gefühlten Wimpernschlag später liegen sie in Pattys Bett. Und diesmal interveniert er nicht, sondern lässt sich bereitwillig sein Shirt ausziehen. Gott sei Dank. Sie versucht, ihn nicht die ganze Zeit anzuglotzen und nebenbei noch das peinliche Keuchen zu tarnen, das ihren Zustand so fies offenbart. Während er bereits an ihrer Leggins zerrt, sie achtlos zu Boden wirft, Gleiches mit ihrem Höschen tut und dann auch ihr Oberteil entfernt. Als der kühle Luftzug ihre Haut berührt, ziehen sich ihre Brüste zusammen und die Spitzen stellen sich auf.

Er kniet vor ihr auf der Matratze und betrachtet sie, neigt dabei seinen Kopf zur Seite. Doch Patty will sich nicht anschauen lassen, das haben sie lange genug getan. Ihre Arme schlingen sich um seinen Hals und sie zieht ihn zu sich herab, sie reibt ihren Körper an seinem und wispert in sein Ohr: »Dieses ganze Lieben ist total bescheuert.«

»Hmmm ...« Er küsst ihren Hals. »Ich werde dich auf ewig *nicht* lieben.«

Oh Fuck! »Dito ...«, keucht sie und schließt die Augen,

weil plötzlich Tränen darin brennen. Seine Lippen berühren ihre Schulter. »Ich kann gar nicht mehr aufhören, dich *nicht* zu lieben.«

HEILIGER FUCK! »Ich weiß genau, was du meinst.« Ihre Zunge gleitet an seiner salzigen Haut entlang, sie atmet tief und dennoch hektisch, ihre Beine schlingen sich um ihn und sie spürt seine feste, große, pulsierende Erregung an ihrem Bauch. Dann umschließt seine Hand zärtlich ihre linke Brust, und sie hört wieder dieses verdammte dunkle Raunen, das regelmäßig Blitze in ihren unterversorgten Unterleib jagt.

»Und das hier liebe ich ganz besonders *nicht*.«

»Hmmm«, stöhnt sie und wölbt ihren Rücken, seine Liebkosungen so unendlich genießend. »Ich auch *nicht*.«

Seine Lippen suchen erneut ihren Mund, pressen sich darauf, während seine Zunge von ihrer in Empfang genommen wird. Für eine Weile ist nur ihr Keuchen zu vernehmen, wenn sie verzweifelt nach Luft ringen, aber den Kuss nicht unterbrechen. Zärtlich nimmt er ihr Gesicht zwischen seine Hände, hält sie fest, zieht sie sogar noch zusätzlich an sich und küsst sie so leidenschaftlich, dass ihr tatsächlich die Luft wegbleibt. Ihre Finger fahren über seine glatte Haut, erforschen seinen Rücken, vergraben sich darin, als er seinen Unterleib gegen ihren drückt und diesen verdammten Rhythmus nachahmt, den sie so dringend wirklich spüren will.

Ein seltsames Gefühl hat von ihr Besitz ergriffen, das sie in dieser Form bisher nicht kannte. Es ist die Kombination aus Verzweiflung und dem beinahe schon wahnsinnigen Verlangen, ihn so lange, wie es nur irgendwie möglich ist, bei sich zu halten. Es verursacht ein schmerzhaftes Ziehen in ihrem Bauch und den Wunsch, ihn fest zu halten, alles von ihm zu spüren, jede seiner Fasern zu ihrer zu machen, in ihn hineinzukrauchen und ihm so zu zeigen, was ihr zu sagen verboten ist. Ein Überschwang an fremden Emotionen. »Nicht aufhören ...« Das Alan verschluckt sie, bevor es zu spät ist. »Bitte«, keucht sie, »was immer du tust, hör nicht auf!«

Er denkt nicht daran, aufzuhören. Ohne ihre Lippen zu verlassen, schiebt er seine Hände unter sie, hebt sie sich noch zusätzlich entgegen, reibt sich an ihr, bis sie stöhnt, und senkt sie dann wieder hinab. Er löst den Kopf, lässt seine Lippen an ihrem Hals hinabfahren, findet ihre aufgerichtete Spitze und umschließt sie, um sofort daran zu saugen. Wohlig stöhnt sie auf, windet sich unter seinen Berührungen und fleht ihn an, ihr mehr zu geben. Viel mehr. Wie von Sinnen stammelt sie vor sich hin. »HÖR NICHT AUF! Ich brauche dich so sehr ...«

Erst jetzt wird ihr bewusst was sie gesagt hat, und sie erstarrt, während sich in ihrem Magen ein verdammt hohles Loch auftut. Das war es, das war der Schnitzer, den dieser verdammte Mann, den sie niemals verstehen wird – nicht in eintausend Jahren –, endlich zur Aufgabe zwingen wird. Weil ja seine blödsinnigen Gesetze untergraben werden. Auch er bewegt sich nicht, rückt aber auch nicht von ihr ab, und als sie versuchsweise durch ihr linkes Lid linst, sieht sie ihn lächeln.

Heilige Scheiße!

Flüchtig, aber verdammt zärtlich, küsst er sie und betrachtet sie dann wieder auf diese eine Art, die ihr vermittelt, so verdammt ... NICHT ... geliebt zu werden. Was für ein Müll.

»Brauchen ist nicht lieben, Miss Vault.« Er runzelt die Stirn. »Glaube ich – zumindest.«

Erleichterung flutet sie, und sie nickt heftig, während sich ihre Arme und Beine fester um ihn schlingen, nur um ihn an einer möglichen Flucht zu hindern. »Du hast recht! Das ist etwas *total* anderes. Man darf sich brauchen. Richtig?« Ihr Blick ist flehend.

»Ja«, murmelt er und hat offenbar nur Augen für ihre Brüste, wobei er seine Hüften an ihren kreisen lässt.

»Ich brauche dich.« Wieder ist da dieses befreiende Gefühl, das kurz darauf erneut von der *Verzweiflung-Verlangen-Kombination* abgelöst wird. Mit einem Aufatmen, das fast wie ein Stöhnen klingt, presst er seine Lippen abermals auf ihren Mund, während seine Hände ihr schaurig schönes Spiel fortsetzen.

Sie wandern weiter hinab, an ihren Seiten, über ihre Hüften, bis sie ihre Schenkel erreichen und sich zielstrebig nach innen tasten. Dann berührt er ihre Feuchtigkeit, sie jammert laut auf und krallt ihre Hände noch fester in seine Haut. Dennoch richtet er sich mühelos auf und blickt unter halb geschlossenen Wimpern hervor auf sie herab. »Fuck, ich brauche dich auch, Baby!«

Seine Lippen wandern auf ihrem Körper entlang, weiter hinab, über ihren Bauch, bis sie ihren Venushügel erreichen. Sie kann sich nicht zurückhalten, sobald sie seine Zunge spürt, mit der er einmal die gesamte Länge hinauf und wieder hinableckt, stöhnt sie auf und hebt wieder die Hüften. Dann spürt sie seine Hände auf ihren Schenkeln, die sie hinabdrücken, während die Zunge weiter ihr grausam schönes Spiel treibt, immer und immer wieder über ihr Fleisch leckt, und dann ihre Klitoris findet, um die sich zarte Lippen schließen, die sogleich zu saugen beginnen.

»Oh Gott!«, keucht Patty und krallt ihre Finger in sein dichtes Haar, während er sie verwöhnt. Immer schneller bewegt sich seine Zunge, immer fester saugt er, leckt sie bald wieder über die gesamte Länge, dann spürt sie einen Finger, der sich in sie hineinschiebt und Patty kommt beinahe. Nun kann er sie nicht mehr zurückhalten, sie hebt ihr Becken, zwingt sein Gesicht in ihren Schoß, windet sich unter seinen

Zärtlichkeiten, die Augen halb geschlossen, die Zähne fest in ihrer Unterlippe vergraben, um nicht zu früh zu verlieren. In ihrem Unterleib baut sich dieser gigantische Druck auf, der nach Erlösung schreit. Ihre Muskeln ziehen sich zusammen, gieren nach ihm, während sich ihre Hüften zum Rhythmus seines Fingers bewegen, wie von einer unsichtbaren Macht geleitet. Als sie weiß, dass sie es nicht länger zurückhalten kann, ruft sie in höchster Not nach ihm. Er erstarrt sofort, ihre Finger lösen sich aus seinem Haar und er taucht neben ihr auf. So unendlich besorgt, mit so warmen Augen, auch wenn die Leidenschaft kaum zurückgedrängt ist und seine Lippen so unsagbar sexy feucht glänzen.

»Baby?«

»Bitte!«, stößt sie hervor, ihre Hände umfassen sein Gesicht, beinahe kommt sie, nur weil er es zulässt. Dieser unglaublich schöne, so fremdartige, ferne Mann lässt es zu, dass sie so zärtlich zu ihm ist. Es flasht sie jedes Mal. Seine Lippen berühren wieder ihren Mund, nur ein Hauch, bevor er sich aufrichtet. »Was, bitte?«

Sie presst ihre Beine noch fester um ihn, lässt ihr Becken kreisen, und leckt sich über die Unterlippe. »Bitte.«

»Hmmmm ... Okay, du kannst ziemlich überzeugend sein«, brummt er.

Er platziert sich an ihr, entlockt ihr damit das nächste Stöhnen und senkt für keinen Moment den Blick, als er in sie eindringt. Nicht mehr sanft, sondern hart, fordernd, verzweifelt und verlangend. Sie beißt sich auf die Unterlippe und schließt die Augen. Ihr Kopf drückt sich tiefer in die Kissen, während sie ihr Kinn in die Höhe reckt. Er hält inne und sie spürt, wie er die Arme links und rechts von ihrem Kopf aufstützt. »Sieh mich an!«

Hektisch schüttelt sie den Kopf. Denn wenn sie jetzt auch noch in dieses unvergleichliche Gesicht schaut, dann ist sie verloren und sie wird einen Dreck tun, dieses Erlebnis durch ihre Dämlichkeit früher zu beenden, als es sein muss. »Nein!«

Über ihr hört er sein leises Lachen, versuchsweise schiebt er sich etwas tiefer in sie hinein, provoziert ihr Stöhnen und tut dann wieder nichts. Der Arsch! »Also ich hab Zeit. Solange du mich nicht ansiehst, bleibe ich genau so, wie ich jetzt bin. Es ist ... nicht die schlechteste Position, zur Not ein paar Jahre auf diese Art zuzubringen.«

Seufzend schlägt sie die Augen auf und wird von seinem Lächeln empfangen. »Das ist besser ...«, murmelt er. Ihre Hände liegen auf seiner Brust und ihr Blick ist in seinem versunken, als er wieder in sie hineinstößt. Langsam und bedächtig, und dennoch hebt sie ihm sofort die Hüften entgegen, ihr Atem beschleunigt sich, ihre Finger graben sich ein weiteres Mal in seine Haut und er steigert das Tempo. Sein Gesicht offenbart nicht die geringste Regung, nur die Strähne, die ihm in die Stirn gefallen ist, plus der funkelnden Augen und der Heftigkeit, hinter der so viel Macht steckt, mit der er sich immer wieder in ihr versenkt, sagt ihr, wie auch er von dieser Situation vereinnahmt wird.

Restlos.

18. *I don't love you!*

Alan

Er hat sie unterschätzt, denn sie hat nicht die geringsten Schwierigkeiten ihm zu folgen, egal, wohin er sie bringt. Beinahe scheint es, als könnte sie nicht genug bekommen. Wie sehr er die Kraft seiner Bewegungen auch steigert, sie hält mit, und das Verlangen in ihren Augen verringert sich nicht. Immer tiefer dringt er in sie ein und spürt sie mit jedem Stoß etwas intensiver. Sie zieht die Muskeln zusammen, er fühlt, wie sie sich immer weiter dem Höhepunkt nähert, während er seinen bereits seit etlichen Minuten mit aller Macht bekämpft. Ihre Augen sind nur zur Hälfte geöffnet, unter den dichten Wimpern starrt sie zu ihm auf, und wirkt dabei so anbetend, dass er sich flüchtig fragt, ob sie tatsächlich ihn meint. Fester nimmt er sie in seine Arme, versenkt sich ein weiteres Mal mit voller Macht, seine Lippen finden ihre und gemeinsam explodieren sie schließlich. Alan wartet, bis sie nicht mehr zu abgehackt atmet und auch seine Atmung sich etwas normalisiert hat, bevor er sie direkt ansieht. Das Lodern ihrer Augen ist verschwunden, jetzt glänzen sie, als wären sie frisch poliert. Tausende kleine Sterne tanzen in ihnen, was in sich ein überaus befriedigender Anblick ist. Er küsst eine winzige Schweißperle von ihrer Oberlippe, nimmt die untere dann zärtlich zwischen seine Zähne, streicht mit der Zunge darüber und sieht sie schließlich wieder an. »Ich habe noch niemals jemanden *nicht* geliebt, Patricia Vault.«

»Ich auch nicht, Jason Lexington.« Ihr Wispern klingt rau.

»Und weil ich dich *nicht* liebe, will ich für heute Nacht hierbleiben. Ist das okay?«

Sie lächelt. »Total.«

Wieder küsst er sie. »Das ist wirklich, *wirklich* gut.«

Sie nickt schläfrig. »Hmmm. Ich liebe es, dich *nicht* zu lieben, Jason.«

Seine Lippen streichen über ihre immer noch pochende Schläfe, während sich wieder das Schleusentor öffnet und seinen Mund zum Reden bringt, ohne dass er es verhindern kann. »Ich ... liebe dich *nicht*, Patty. Vergiss es nie. Es ist irre, es ist ungeplant, es ist totaler Wahnsinn, aber es ist eine Tatsache.«

Sie nickt, ihre Augen sind geschlossen. »Ich weiß und ich liebe dich auch *nicht*.«

Er wird ernst. »Du könntest dich irren, zugegebenermaßen hoffe ich das sogar, denn es dürfte keinen von uns glücklich machen, dich am allerwenigsten.«

Patty schlägt die Augen auf und betrachtet ihn nachdenklich. »Selbst du kannst meine Gefühle nicht manipulieren, auch wenn du größenwahnsinnig genug bist, das zu versuchen. Bei dir und bei mir.«

Alan seufzt. »Du wirst bald hinter deinen ziemlich naiven Irrtum kommen, Baby.«

Ihr Lächeln ist seltsam *geduldig*. »Wir werden sehen ...«

Er zieht sie in seine feste Umarmung und wird wieder ernst. »Ja, wir werden sehen ...«

19. Dreams

Sie ist eingeschlafen und Alan verbringt die gesamte Nacht damit, sie zu betrachten. Die Decke hat sich um ihre Hüfte geschlungen und er bestaunt sie, während er zum ersten Mal ernsthaft nach einer Möglichkeit sucht, trotz aller Schwierigkeiten mit ihr zusammen sein zu können. Gibt es nicht irgendeinen Weg, der ihnen einige Jahre miteinander bescheren würde? Irgendetwas, was ihm bisher entgangen ist? Inzwischen scheint sie den Versuch aufgegeben zu haben, hinter seine wahre Identität zu gelangen. Er weiß, dass er sie verlieren wird. Bisher hat er sich immer geweigert, über diese grausame Realität bewusst nachzudenken. Doch das heißt nicht, dass ein Teil von ihm nicht schon immer auch dieses Detail akzeptierte. Die einzige Alternative dazu steht für ihn außer Frage. Doch was genau soll er tun, wenn sie nicht mehr lebt? Er hat nicht die entfernteste Vorstellung, was nach ihr noch kommen soll. Er kann ja nicht einmal richtig leben, wenn er sie nicht bei sich hat. Wie soll er denn dann die nächste Ewigkeit überstehen wenn sie nicht mehr auf dieser Welt weilt? Irgendwie beinhaltet die Tatsache, dass er sie liebt, bedeutend mehr Probleme, als dass er nicht Jason heißt.

Es gibt keinen zufriedenstellenden Ausweg, das weiß er. Und er nimmt sich die Freiheit, die Entscheidung, was genau er tun wird, auf später hinauszuschieben. Doch was, wenn dieser kleine Penner vernichtet ist und Patty endlich erkannt hat, dass sie Alan nicht liebt? Was wird er tun, wenn sie ihn für immer verlässt, weil sie so leben will, wie sie es verdient? Mit einem Mann, der ihr eine Ehe bieten kann, Kinder, ein gemeinsames Altern? Während Alan, Freak der er ist, weiterhin die Aufgaben des Ordens erfüllen wird. Möglicherweise für die nächsten zweihundert Jahre, weil er es nicht wagt, dem irgendwann Einhalt zu gebieten. Wann wird ihr auffallen, dass er nicht altert? Er glaubt nicht mehr, dass sie sofort in hysterische Anfälle auszubrechen droht, doch über kurz oder lang wird sie sich Fragen stellen. Fragen über den Sinn und Unsinn dieser Beziehung. Ist es denn überhaupt eine Beziehung? Was hat sich denn zu gestern geändert? Wenn man die Tatsache einmal außer Acht lässt, dass er gerade in ihrem Bett liegt, ihre Wärme spüren darf und ihr erklärt hat, sie *nicht* zu lieben?

Er lächelt, als ihm aufgeht, wie clever sie ihn dazu gebracht hat, die bedeutsamen Worte zu sagen. Aber sehr gesträubt hat er sich nicht, oder? Nein ... er *wollte* es sagen. Es kam einem Befreiungsschlag gleich, auch wenn sie es bereits wusste. Wie viel weiß sie noch, was seiner Aufmerksamkeit bisher entgangen ist? Wie weit hat dieses rätselhafte, überirdisch wirkende Wesen in seinen Armen ihn durchschaut? Er ist nicht ganz sicher, ob er die Antwort auf diese Frage erfahren will. Sie würde ihn unter Umständen etwas verunsichern, denn offenbar weiß Patricia Vault so ungefähr alles darüber, wie es in ihm aussieht. Er kann das nicht begreifen, denn sie studieren doch Medizin und nicht Psychologie. Woher nimmt sie ihr Wissen?

Oder besser, womit genau hat sich Patty beschäftigt, wenn er glaubte, dass sie ihre Wochenenden mit anderen Männern verbringt? Wieder muss er lächeln, denn die Antwort liegt wohl auf der Hand. Mit *ihm* ...

Sein Lächeln verschwindet, denn soll er sich tatsächlich darüber freuen? Bedeutet das nicht, dass sie viel – sehr viel – für ihn empfindet? Sind ihre Gefühle für ihn stärker, als er angenommen hat?

Empfindet sie vielleicht wirklich Liebe für ihn?

20. Shit happens

Gegen acht erhebt Alan sich und verlässt den Raum. Patty schläft immer noch tief und fest und er will sie nicht wecken. Nachdem er sich angezogen hat, geht er hinunter zu Fred und Shaila, die noch in der Nacht wiedergekommen sind und sich nun alle Mühe geben, ihre anzüglichen Grimassen vor ihm zu verbergen. Doch seltsamerweise tangiert es ihn nicht sonderlich. Sicher, in all den Jahren ist es noch nie vorgekommen, dass er eine seiner flüchtigen Bekanntschaften mit ins Haus brachte, um eine Nacht mit ihr zu verleben. Außerdem fühlt es sich ziemlich *normal* an, dass er seine Schritte in die Küche lenkt, um ihr das Frühstück zuzubereiten. Er entscheidet sich für Rührei mit Bacon, Orangensaft und Toast, denn er weiß, dass sie das mag. Ein Grinsen huscht über sein Gesicht. Jawohl, er kennt Patty Vaults geschmackliche Vorlieben, denn er hat sie studiert. Zunächst führte er sie wochenlang jeden Morgen zum Frühstück aus und dann durfte er ihr drei Wochen lang täglich das Frühstück selbst zubereiten. Auch wenn es zu Beginn einige geringfügige Pannen gegeben hat. Als er die Eier aufschlägt, tritt Shaila ein, setzt sich dann mit Schwung neben dem Herd auf den Küchentresen und lässt demonstrativ ihre Beine baumeln. Sie neigt den Kopf, um in sein Gesicht sehen zu können, das konzentriert auf die Pfanne gerichtet ist.

»Und, gut geschlafen? Was gibt es zum Frühstück?«

Er ignoriert das nervige Grinsen in ihrer Stimme. Shaila ist manchmal so kindisch! Sie scheint ihr dummes Spiel aufzugeben. »Mom und Dad werden gegen Nachmittag eintreffen.«

Stirnrunzelnd sieht er auf. »Sie wollen kommen?«

Shaila nickt. »Sie sind neugierig, was dachtest du denn? Außerdem ist Dad sauer – ein bisschen, was er noch mit dir auswerten will, logischerweise.«

Alan unterdrückt ein Seufzen. Seine Mutter ist kein Problem, aber bei seinem Vater muss er aufpassen. Der alte Chamberlain ist nicht unbedingt das, was man einen netten Opa nennt und wenn sich jemand fragen sollte, woher Alan seine Ungeduld hat, sollte er sich mal eingehend mit seinem Erzeuger befassen. Die Antworten kommen dann fast wie von selbst.

»Dad könnte etwas schwierig werden«, überlegt er laut.

Shaila schüttelt den Kopf. »Unterschätze ihn nicht. Die Situation zwischen Patty und dir ist ihm nicht entgangen, er wird dir das nicht versauen.«

Er beschäftigt sich mit den Eiern in der Pfanne und nascht ein Stück Schinken. »Ich habe keine Ahnung, welche Situation du meinst, Shaila.«

Ihre Miene ist unschuldig. »Oh, ich meinte nur die Tatsache, dass Patty im Haus wohnt, dass du ihr Leben beschützt, ihr das Frühstück zubereitest, während du dieses widerliche ›Ich hatte Sex!-Gesicht‹ im Haus spazieren trägst ...«

»Das geht dich nichts an, Shaila. Halte dich *bitte* raus!«

Sie hebt die Hände. »Selbstverständlich, oh großer Alan. Ich halte mich raus. Wie immer. Ich meine, dass ihnen die Entwicklungen genauso wenig entgangen sind wie jedem anderen in der Familie.« Sie runzelt die Stirn. »Außer dir, versteht sich.«

Er verzieht das Gesicht und schweigt. Die Eier brauchen heute ziemlich lang. Immer dieses Wenden, doch es ist unverzichtbar, damit sie nicht ansetzen. Das hat er gelernt, als er seine ersten Rühreier mit Bacon zubereitete. Die gerieten ziemlich schwarz. Zuvor hatte er noch nie gekocht, sondern ging entweder essen, bestellte sich etwas oder ließ es sich von irgendeiner Frau zubereiten, die gerade anwesend war. Wahlweise handelte es sich hierbei um seine Mutter oder eine Haushälterin. Shaila kocht nicht. Nicht dass Patty sich über das ungenießbare Zeug beschwert hätte, nicht einmal bei dem versalzenen Rinderbraten sagte sie etwas, obwohl ihr die Augen tränten. Er brachte ihren Teller in die Küche, *bevor* sie zu würgen drohte. Nichts hat sie gesagt. Patty sagt nie irgendwas zu seinen Kochkünsten – oder Unfällen, je nachdem, aus welcher Perspektive man es betrachtet. Patty versteht ihn, WAS MAN VON DIESEM NERVENDEN WESEN NEBEN IHM NICHT UNBEDINGT BEHAUPTEN KANN!

Shaila hat nämlich nicht die Absicht, ihn in Ruhe die Eier braten zu lassen. »Alan! Was ist denn nun?«

Entnervt wirbelt er zu ihr herum. »Was soll sein? Nichts. Überhaupt nichts! Wir haben gefickt, wenn du es genau wissen willst, was ja offenbar unübersehbar ist. Ich bin so freundlich, ihr das abgefuckte Frühstück zu machen, sozusagen als spontane Dankesbezeugung dafür, dass sie für mich die Beine breitgemacht hat und Ende! Bist du jetzt zufried...«

Er hört Shailas: »HALT DEN MUND!« ... und erblickt im gleichen Moment die erstarrte Gestalt auf der Treppe. Sie ist weiß, selbst ihre Lippen besitzen keine Farbe mehr.

Oh, fuck!

»Danke!«, knurrt Alan in Shailas entsetztes Gesicht, die zum ersten Mal nichts zu erwidern weiß. Langsam blickt sie zwischen Patty und ihm hin und her, während sie sich in Gedanken offenbar auf eine einsame Insel wünscht.

Er stürzt die Treppe hinauf, nimmt sie wortlos in die Arme und bringt sie zurück in ihr Zimmer, wo er sie aufs Bett setzt und ihr Gesicht in seine Hände nimmt. »Vergiss den Scheiß! Ich kann es nicht vertragen, wenn sie sich in meine Angelegenheiten mischt. Sie sollte ihr nervendes Verhör einstellen und ich wurde gemein. Aber nicht zu dir, warum sollte ich ...«

Langsam hebt sie eine Hand. »Ist schon okay, ich wollte nicht lauschen. Aber ich wurde wach und du warst nicht mehr da. Da dachte ich ...«

»Ja, das Frühstück ist fertig. Hast du Hunger, Baby?«

Alan hört sich plappern und ein Teil von ihm hasst sich dafür. Doch der andere, der weitaus gewichtigere, der Teil, der nicht will, dass sie so unerträglich weiß im Gesicht ist, feuert ihn an, weiterzusprechen. »Frühstück?«

Mechanisch bewegt sie den Kopf hin und her, ihr Blick ist gleichsam starr. »Ich bin mir nicht sicher, ob ich Hunger habe. Irgendwie ist mir übel.«

»Doch, du musst etwas essen. Ich hole es. Okay?«

»Sicher.«

Shaila hat die Pfanne vom Herd genommen. Zumindest etwas, wozu sie nütze ist. »Es tut mir leid!«, jammert sie.

Er ignoriert sie.

»Alan?«

»Was denn noch?«, fährt er auf.

»Ich hatte nicht bemerkt, dass sie die Treppe runterkam. Es tut mir wirklich leid.«

Er seufzt, natürlich tut es ihr leid. Shaila würde nie wollen, dass Patty verletzt wird. Flüchtig küsst er sie auf die Stirn. »Mach dir keine Gedanken, es war allein meine Schuld.« Trocken lacht er auf. »Wie immer, schätze ich.«

»Was hat sie gesagt?«

»Nicht viel.«

»Du wirst das schon wieder geradebiegen.«

Er verdrehte die Augen. Klar! Er wird das schon wieder geradebiegen. Er hat zwar nicht die geringste Ahnung, wie. Aber sicher, er war ja schon immer gut darin, erst auf Pattys Herz herumzutrampeln, um dann die Scherben wieder zusammenzukleben.

Als er die Eier, den Toast und den Saft auf dem Tablett hat und wieder hinaufgehen will, hält sie ihn zurück. »Warte!«

Shaila verschwindet und ist wenig später mit einem grünen Zweig, an dem kleine, weiße Früchte hängen, zurück. Diesen platziert sie dekorativ am Rand des Tabletts und grinst ihn an. »Nur für alle Fälle.«

Ahh, fuck! Wie soll er dieser Person böse sein? Das ist einfach unmöglich. Sie ist zu liebenswert, wenn auch mit Sicherheit zu irritierend.

»Ich gebe mein Bestes«, murmelt er, bevor er mit dem, jetzt mit einem Mistelzweig präparierten Tablett die Treppe hinaufeilt.

21. Contract

Patty sitzt an der gleichen Stelle, wo er sie zurückgelassen hat. Sie scheint nicht einmal die Hand bewegt zu haben, denn die befindet sich noch immer in der erhobenen Position, die Handfläche abwehrend nach außen weisend.

Alan holt tief Luft. »Frühstück!«

Sie zuckt zusammen, als hätte sie ihn nicht eintreten gehört. Dann betrachtet sie zuerst ihn und schließlich das Tablett. »Ich habe mich dumm benommen. Es tut mir leid. Vergiss das Ganze.«

Erleichtert atmet er auf. Das ist noch einmal gut gegangen. Und genau genommen hat er die Dinge nur beim Namen genannt. Im Grunde hat sich zu gestern nicht allzu viel geändert. Sie sind sich nähergekommen, doch das ändert überhaupt nichts an der Gesamtlage.

»Setz dich auf!«, ordnet er an und sie gehorcht. Alan stellt das Tablett auf ihre Knie und setzt sich auf den Bettrand.

»Guten Appetit. Der Mistelzweig ist eine Beigabe von Shaila. Keine Ahnung, was das soll.«

Überrascht sieht sie auf, dann lächelt sie. »Das ist mal wieder typisch.«

»Ja.«

Sie nickt und dann macht sie sich mit Heißhunger über die Eier her. Nur einmal sieht sie auf. »Willst du nicht ...?«

Alan winkt ab, ihm ist der Appetit gründlich vergangen.

Als sie fertig und nur noch etwas Orangensaft im Glas zurückgeblieben ist, sieht sie wieder auf. »Ich denke, wir sollten reden.«

Er nickt langsam. »Ja, das denke ich auch.«

Patty holt tief Luft, doch sie wird nicht rot oder senkt den Blick. »Ich finde nicht, dass die vergangene Nacht ein Fehler war.«

»Ich auch nicht.«

Als sie fortfährt, klingt sie plötzlich äußerst geschäftsmäßig. »Meine Reaktion von eben tut mir leid. Ich will dir nicht den Eindruck vermitteln, dass ich mich jetzt irgendwelchen Illusionen hingebe.« Er sucht nach Bitterkeit in ihrem Blick und findet sie nicht. Patty wartet auf keine Antwort, sondern fährt mit der gleichen geschäftsmäßigen Stimme fort. »Aber ich denke, wir sollten die Dinge ein für alle Mal zwischen uns klären, damit es nicht wieder zu solchen Missverständnissen kommt, findest du nicht auch?« Mit wachsender Verwirrung nickt er. »Du widersprichst mir doch nicht, wenn ich sage, dass zwischen uns eine gewisse Anziehungskraft existiert?«

Seine Augen verengen sich. Nun, so kann man es auch ausdrücken. »Nein.«

Patty spricht jetzt bedächtiger, scheint jedes Wort sorgsam abzuwägen, lässt ihn aber nicht aus den Augen. »Und ich gehe recht in der Annahme, dass du ein gewisses Interesse an mir hast?«

»Das kann ich nicht leugnen.«

Sie erwidert seinen Blick. »Und du würdest ... gern an dieser Art von ... Beziehung festhalten. Ich meine, ohne Verpflichtung, ohne *Liebe* ...«

Alan hat nicht die geringste Ahnung, was sie will. Sein Nicken erfolgt langsam, jedes Lächeln ist aus seinem Gesicht verschwunden – aus ihrem übrigens auch – und sein Blick liegt unverwandt in ihrem. »Ja, das ist der Deal: keine Verpflichtungen, keine Gefühle, kein Klammern. Aber ich ...«

»Warte! Hör dir an, was ich zu sagen habe. Entscheide dann. Ich will dir ein Angebot unterbreiten, dass sich ... äh vielleicht etwas komisch anhört.« Wieder wägt sie genau ab, und als sie schließlich fortfährt, nehmen ihre Augen einen seltsamen Ausdruck an. Da ist Glanz, doch er schimmert wie Eis, ist ohne jede Wärme. Was um alles in der Welt hat sie vor? »Du hattest recht. Ich scheine gewisse Gefühle verwechselt zu haben. Du bist mir da um Meilen voraus und kanntest den Unterschied.«

»Patty ...«

Eine Hand reckt sich in die Luft. »Nein, warte. Ich bin noch nicht fertig. Es tut mir leid, dass ich es uns so schwer gemacht habe. Doch es ist noch nicht zu spät, die Dinge richtigzustellen.«

Unverwandt blickt er in ihre Augen, und ihm ist, als gäbe es zwei Unterhaltungen. Die eine findet mit ihren Mündern statt. Aber die andere – die *wahre* – führen ihre Blicke. Auch wenn Letztere zunächst recht einseitig sind. Nur die Person, die gerade zu ihm spricht, kennt er nicht. Die Stimme ist zu hart, zu kühl, zu unpersönlich. Zu professionell.

Patty, was willst du wirklich sagen?

Das ignoriert sie und der Mund fährt fort, ihm ihre absurden Gedankengänge zu offenbaren. »Ich bin an dich gefesselt – zumindest, so lange dieser Typ lebt. Ist das korrekt?«

Abwesend nickt er. »Ja.«

»Und ich werde bei dir sein, so lange das der Fall ist. Richtig?«

»Ja.«

»Es dürfte ziemlich schwer werden, unter einem Dach zu leben und nicht wieder miteinander im Bett zu landen, richtig?«

»Das könnte zu gewissen Komplikationen führen, stimmt.«

»Und du befürchtest, dass ich mehr in diese Beziehung ...«
Diesmal gelingt es ihr nicht ganz, die Verbitterung aus der
Stimme zu halten. Alans Blick wird intensiver und das Eis
schmilzt. Doch sie spricht weiter, als wäre nichts geschehen.
»... hineininterpretiere, als sie in Wahrheit darstellt, richtig?«

Patty?

Er nickt. »Ich will dich nicht verletzen. Das wäre unfair.«

Das Eis in ihren Augen ist beinahe geschmolzen und jetzt
ist er wieder da, dieser Schmerz, den er nicht sehen will. Doch
ihre Stimme ist gleichbleibend hart und geschäftsmäßig.
Und ... desillusioniert. »Diese Angst kann ich dir nehmen. Ich
bin nicht auf die Art an dir interessiert, wie ich zunächst
glaubte. Es geht nur um Spaß, so war es von Anfang an.
Stimmst du mir zu?«

Patty, bitte, tu das nicht!

Gleichzeitig vernimmt er seine tonlose Stimme. »Voll und
ganz.«

Ihr Mund, inzwischen nur noch eine harte Linie, fährt fort,
doch ihre Augen flehen ihn an, einzuschreiten. Etwas, was er
nicht kann. »Wir sollten gewisse Regeln aufstellen, damit es
nicht noch einmal zu diesen Missverständnissen kommt.
Okay?«

»Eine sehr gute Idee.«

Plötzlich weiß er, was kommen wird. Alan hat diese Art von Gespräch bereits unzählige Male geführt. Alle mit dem gleichen Typ von Frau und alle mit dem gleichen Ergebnis. Doch niemals hätte er geglaubt, es mit der Person, die jetzt vor ihm sitzt, zu führen. Sie ebnet ihnen den Weg, und indem sie das tut, verkauft sie ihre Seele. Sein ironisches Auflachen kann er glücklicherweise zurückhalten. Alan kann ihre Nähe – so bereitwillig dargeboten – nicht ablehnen. Sie blicken sich in die Augen und endlich kann er verstehen, was sie ihm wortlos sagt, während ihr Stimmen weiterhin tonlos in dem stillen Raum verhallen.

Patty, du kannst das nicht tun.

»Und was genau schlägst du vor?«

Ich muss, denn ich kann nicht ohne dich leben.

»Reines Ficken – sorry für den Ausdruck.«

Er winkt ab, hypnotisiert sie inzwischen beinahe.

Lass das!

»Und wie genau stellst du dir das vor?«

Ich kann nicht anders!

»Keine Verpflichtungen. Jeder bewohnt sein eigenes Zimmer, wir treffen uns im Bett oder im Bad.«

Das ist Kinderscheiße! Du hast keine Ahnung, was du da vorschlägst!

»Darüber wollte ich noch mit dir sprechen. Dieses Zimmer

gehört meinen Eltern, die heute eintreffen. Der Einfachheit halber solltest du in meines ziehen.«

Ist es wirklich das, was du willst?

»Wenn wir in einem Zimmer leben, könntest du dich von mir bedrängt fühlen.«

Ich werde das Angebot annehmen, aber das wirst du bereuen.

In der offiziellen Unterhaltung lacht er auf. »Mach dir darüber keine Sorgen.«

Werde ich nicht! Außerdem habe ich keine Wahl!

»Tja, dann haben wir wohl einen Deal!«

PATTY!

»Ja!«

22. The beginning

Der Blickkontakt bricht. Alan hört ihr leises Seufzen und steht auf. »Ich werde das Geschirr hinunterbringen.«

Sie sieht ihn nicht an. »Ja, ich packe meine Sachen zusammen.«

* * *

Als er eine halbe Stunde später in sein Zimmer kommt, ist Patty bereits da. Es gibt nicht viele Dinge, die sie mitgebracht hat. Und so steht sie mit ihren zwei Taschen in der Mitte des Raumes und wirkt etwas verunsichert. Er beschließt, ihr zu helfen und tritt zu dem großen Kleiderschrank, der eine Wand des Raumes für sich allein einnimmt. Dort schiebt er resolut seine Klamotten zur Seite. »Du kannst deine Sachen hier hineinpacken.«

»Danke.« Es ist nur ein Murmeln.

Seufzend nimmt er ihr die Taschen ab und sucht ihren Blick. »Du musst das nicht tun.«

Ihre Augen verengen sich ein wenig. »Nein, muss ich nicht? Was bleibt mir sonst?«

Trocken lacht er auf. »Simpel! Lass es einfach!«

»Das kann ich nicht.«

»Versuch es«, schlägt er vor.

Jetzt ist es an ihr, trocken aufzulachen. Aus ihrem Mund klingt es tausend Mal härter und deprimierender als aus seinem. Denn es passt nicht zu ihr. »Oh, das habe ich. Haben wir das nicht beide?«

»Ja, du hast recht. Aber es geht nicht darum, was ich will, verstehst du das? Das darf es niemals.«

Ihre Augen ziehen sich noch ein wenig mehr zusammen. »Das habe ich auch nie angenommen. Ich will das und werde eben den Preis zahlen.«

Alan nimmt ihre Hand und führt sie zu der kleinen schwarzen Couch, die neben dem großen Fenster steht. »Setz dich!«

Nachdem er neben ihr Platz genommen hat, seufzt er. »Was immer du vorhast, es ist scheiße! Ich kann mir nicht vorstellen, dass du eine Ahnung davon hast, WAS genau es bedeutet!«

Sie hebt eine Augenbraue. »Aber du weißt es?«

»Sogar exakt.«

Darüber muss sie für einen Moment nachdenken, bevor sie ihn interessiert betrachtet. »Wie viele?«

Alan presst die Lippen zusammen, doch dann hebt er innerlich die Schultern. »Unzählige.«

Sie verdreht die Augen. »Findest du nicht, dass ...«

Er nimmt ihre Hände und sieht sie an. »Unzählige. Glaub mir, ich besitze ein hervorragendes Gedächtnis, ein fähigeres, als du es dir vorstellen kannst. Aber ich müsste mir einen Moment Zeit nehmen, um dir die genaue Zahl nennen zu können und ich vermute, dass sie dich schockieren würde.«

Ihre Augen werden groß. »Aber wie ...?«

Er hebt eine Augenbraue. »Älter! Schon vergessen?«

»*Wie* alt?«

Er holt tief Luft und seufzt. »Zu alt.«

»Sag es!«

Wütend starrt er sie an. »Ich bin über achtzig Jahre alt, jetzt zufrieden?«

Diesmal enttäuscht sie ihn nicht. Ihre Hand geht zu ihrem Mund und sie starrt ihn erschrocken an. »Bist du ein Vampir?«

Das bringt ihn wirklich zum Lachen, doch dann schüttelt er den Kopf. »Nein, abgesehen von meinem Alter bin ich ein ganz normaler Mann – irgendwie.«

Ihre Augen werden noch etwas größer. Erleichterung macht er nicht aus, eher so was wie Enttäuschung. Doch dann haucht sie: »Deshalb!«

Er runzelt die Stirn. »Was meinst du?«

Sie nimmt ihre Hand herunter und ihre Augen leuchten triumphierend, als hätte sie gerade nach tagelanger Arbeit eine besonders komplizierte Mathematikaufgabe gelöst. »Deshalb bist du so ... so hart! Wie viele von ihnen hast du geliebt? *Wie viele?*«

Er mustert sie für einen sehr langen Moment. »Eine.«

Heftig nickt sie. »*Genau, das ist es*! Und was ist mit ihr passiert? Ich meine, ist sie gestorben oder hat sie dich irgendwann verlassen? Warst du sehr unglücklich? Wie lange ist das her?«

Sie ist begeistert! So begeistert, dass ihr sein ungläubiger Blick zunächst entgeht. Dann dämmert Begreifen auf ihrem Gesicht, offenbar hat sie die vampirischen Parallelen wieder aufgegriffen, die ihm in ihrer gesamten Groteske erst jetzt aufgehen, und die Hand gleitet wieder zu ihrem Mund. »Oh!«

Und dann sagt sie etwas, was er nicht versteht. »Oh, es tut mir so leid!«

»Warum tut dir das leid?« Alan klingt so ungläubig, wie sein Gesicht aussehen muss. Sie wird für ihn ein ewiges Rätsel bleiben! Egal, was er versucht, er wird sie niemals verstehen können.

»Ich weiß, dass ich dich störe. Und das tut mir echt leid.«

Und jetzt lacht er doch. »Was für ein Schwachsinn!«

Ihr Blick bleibt zweifelnd und so nimmt er ihr Gesicht in seine Hände. »Es ist nicht so, akzeptiere es.« Resignierend küsst er sie. »Du hast mich irgendwie verzaubert.«

Als er sie wieder küssen will, weicht sie zurück. »Lass uns das heute Abend besprechen, in Ordnung?« Ihr Blick ist wieder hart und seine Miene wird es augenblicklich auch. Er löst sich von ihrem Gesicht und entfernt sich ein Stück von ihr.

»Was sagen wir den anderen?« Auch ihre Stimme ist plötzlich wieder geschäftsmäßig.

»Was meinst du damit?«

»Sie werden Fragen stellen. Also, wie erklären wir ihnen die Tatsache, dass ich hier bei dir bin?«

»Sie wissen von der Bedrohung!«

Heftig schüttelt sie den Kopf. »Du hast mich missverstanden! Wie erklären wir ihnen die Tatsache, dass ich hier in *deinem Zimmer wohne?*«

Gelassen lacht er auf. »Darüber mach dir keine Sorgen. Es ist nicht mein üblicher Standard, meine ... Bettgenossinnen ...« Er wartet, doch sie begehrt nicht auf, nur ihr Blick wird härter und ihr Mund ist nur noch ein schmaler Strich. »... ins Haus zu bringen«, fährt er fort. »Doch ich befand mich auch noch niemals in der Verlegenheit, das Leben einer dieser Frauen beschützen zu müssen. Insofern ergibt das Sinn. Du glaubst doch wohl nicht, dass ich in jeder Nacht wie ein Idiot durch das Haus schleichen werde, oder?«

»Mit Sicherheit nicht.«

»Ich würde gern noch einige Details dieses Vertrages mit dir besprechen, Patricia. Das geht doch in Ordnung?« Als sie nicht reagiert, fährt er fort. »Für gewöhnlich bin ich es nicht gewohnt, dass meine Partnerinnen vor mir zurückweichen. Sie haben sich freiwillig auf diese Art von Beziehung eingelassen. Daher gehe ich davon aus, dass sie gern mit mir zusammen sind. Dein Verhalten lässt mich an der Aufrichtigkeit deiner Absichten zweifeln.«

»Es wird nicht wieder vorkommen.«

Er hebt eine Augenbraue. »Das beruhigt mich. Im Allgemeinen bin ich derjenige, der den Kontakt aufnimmt, wenn ich das Bedürfnis nach ein wenig Spaß verspüre. Da bei uns keine räumliche Trennung besteht, müssten wir uns noch darauf einigen, wie weit dein Einverständnis reicht. Gibt es Einschränkungen – vielleicht praktischer oder quantitativer Natur?«

Alan ignoriert ihren Versuch, mit seinen Augen zu kommunizieren. Die Zeit des Spielens ist vorbei, er hat ihr ungefähr fünftausend Chancen gegeben, sich herauszuwinden. Nun will er sie ... Die Vorstellung, seine kleine Sexsklavin hier zu haben, gefällt ihm. So sehr, dass er bereits hart wird. Sie schüttelt den Kopf und seine Augenbrauen heben sich noch etwas mehr. »Patricia, überdenke deine Antworten gut.

Du erklärst dich bereit, mit mir zu vögeln, wann immer ich Lust darauf habe, ohne die Möglichkeit in Betracht zu ziehen, dass es vielleicht einmal nicht auf Entgegenkommen deinerseits stoßen könnte? Du treibst ein gefährliches Spiel, Patricia Vault.«

Sie überdenkt das mit gerunzelter Stirn und nickt schließlich. »Was schlägst du vor?«

Grinsend schüttelt er den Kopf. »So funktioniert das nicht. Für mich gibt es keine Einschränkungen. Ich will dich immer.«

Ihr Blick wird unsicher. »Jason, ich weiß nicht ...«

Trocken lacht Alan auf. »Okay, ich sehe, du weißt nicht genau, was du eigentlich willst. Mein Vorschlag: Wir probieren es eine Woche *ohne* Einschränkungen. Solltest du danach der Ansicht sein, gewisse Details ändern zu wollen, werden wir uns noch einmal zusammensetzen. Bist du damit einverstanden?«

Sie nickt.

Er ist jedoch noch nicht fertig. Je länger er mit ihr spricht, je länger er diesen eisigen Blick sieht und diese geschäftsmäßige Stimme hört, desto wütender wird er. »Also keine Verpflichtungen, keine Emotionen, keine Liebe?«

Auch das wird abgenickt.

Er lächelt. »Dann wäre das ja geklärt.«

Seine Hand legt sich um ihren Hals und er zieht sie zu sich. Bevor sich seine Lippen auf ihre legen, blickt er ihr in die Augen. »Das wirst du bereuen. Es wird nicht so sein, wie du es dir vorstellst. Was du planst, ist ... nichts.«

Trotz tritt in ihre Augen. »Ich weiß ganz genau, worauf ich mich einlasse. Und es ist der einzige Weg.«

»Wie du meinst.«

Mit der anderen Hand nimmt er ihr Kinn in einen eisernen Griff, zwingt ihren Kopf zurück und seine Lippen senken sich auf ihre. Er küsst sie heftig und lieblos. Seine Zunge drängt sich zwischen ihre Zähne und dringt tief in ihren Mund ein. Er wartet darauf, dass sie den Kuss abbricht und ihre Meinung ändert, doch nichts in dieser Richtung geschieht. Stattdessen spürt er, wie sich ihre Arme um seinen Hals legen und kurz darauf ihre Hände in seinem Haar. Er intensiviert den Kuss noch weiter, unerbittlich liegen seine Lippen auf ihren, seine Zunge wütet in ihrem Mund und von ihr kommt – nichts.

Als er sie schließlich freigibt, sind ihre Lippen geschwollen, aber sie sagt nichts. Patty lehnt ihren Kopf an seinen Hals und wartet, bis sie wieder zu Atem gekommen ist. Dann setzt sie sich wieder auf. Der Trotz hat ihre Augen nicht verlassen.

»Das dürfte interessant werden.«